新潮文庫

最高に笑える人生

—夜明けの新聞の匂い—

曽野綾子著

新潮社版

7466

目次

Ⅰ　一輪の赤いバラ

Ⅱ　再訪

解説　富岡幸一郎

最高に笑える人生

――夜明けの新聞の匂い

I　一輪の赤いバラ

一輪の赤いバラ

どこでもそうだろうけれど、江藤淳《じゅん》さんが亡《な》くなられてから、私の周囲のやや高齢者たちは、前よりももっとしばしば死について、或《ある》いは夫婦の死別について語るようになった。悪いことではない。第二次世界大戦後の日本人は、あまりに死を考えず、従って語らなくなり過ぎたのだ。

江藤淳さんご自身のことは私は何もよく知らない。基本的に、誰の内面も第三者は憶測してはいけない。人の真実は、ただその人にしかわからない聖域としてそっとしておくのが礼儀だろう。そして多くの人は誠実に精いっぱいに生きたのだから、その人にとっては多分一番いい道を選んだのだ、と私は思っている。

しかし人は他人の死を契機に、他人を語り過ぎる。相手が生きている場合は、それは噂《うわさ》ということになる。この世で最も無責任な行為の一つだ。文芸雑誌の追悼号のエッセイでさえ、恐らく江藤さんが生きていたら「これは違いますね」というものが多いだろう。真実とは違う江藤像の上に書かれたものを読むのは失礼のように感じて、私は読めない。悪意ではないのだろうが、人はほんのその一部しか知らないことほど、気楽に語れるのである。

江藤さんの死によって私の周囲に起こった社会的、現実的な現象というのは、次のようなものである。

「私が死んだらあなたは自分一人でお茶をいれられる？」

と或る古女房は夫に聞いたのだそうだ。

この人の夫は東大法学部卒なのだが、東大法学部ほど何もできない学部はないという。お茶をいれるどころか、コロッケを買うことも、洗濯機を廻すことも、茶碗《ちゃわん》を洗うこともしたことがない。だから自分一人で生きていけない。自分一人を生かせないのだし、自分は常に他人を裁く側であって、生涯で一度も自分を犯罪予備軍と考えたことがない人も多いのだから、難民や貧民や、他宗教の人がどうやって生きていくのか本来考えることもできないようになっている。しかし彼らは、法律と経済でそれを解決するつもりなのである。東大法学部はこういう人間理解の基本のできていない学生に卒業証書を出すべきではない、と昔から私も思っていた。

もう一人のこれは古女房ではなく、中古女房は、「たぶん、あなたは私が早く死んでも大丈夫よね」と言ってみた。

するとは夫は素早く長男の顔を見て、

「お母さんがいなくても、我々は大丈夫だよな」

と応援を求めた。すると長男は、

「僕はもうこの家にいないんだから、それはお父さんの問題ですよ」

とあっさり責任転嫁《てんか》してしまった。

いつのまにか、私の周囲には、たくさんの一人になった夫婦の片割れがいるようになった。自動車や飛行機の事故に遇《あ》わない限り、これが夫婦の辿《たど》る普通の運命である。

もう四十代で夫に死に別れた人もいる。中には厳しい姑《しゅうとめ》の傍らで、夫が唯一《ゆいいつ》の防波堤だった人もいる。その夫を失った時、彼女の身辺を襲った荒波は、どれほどの激しさだったことだろう。それでも彼女は生きて来た。それが人間の当然の運命だったからだろうが、そこに私は凛《りん》とした偉大な自然さを感じるようになった。生き残った者は一人で残りの人生を全うしなければならない、という人間の使命にその人は素直であった。そして嬉《うれ》しいことに、その後の彼女の後半生は決して暗くはなかったのである。

子供がいても、夫婦の死別の後の喪失感は必ずしも子供が埋めることにはならない。

この頃の子供は別居していることが多いし、親子の関係と夫婦の関係は全く違う。夫婦しか同じ時間と体験を共有している人間はいないのである。

だからいつの時代でも、死別は暴力である。現世に戦争や犯罪などの暴力がなくなっても、死別の暴力だけは決してなくならない。

元へ戻らないということは、普通の人間の生活では大きな悲劇である。足を折ってもたいていの場合それは数カ月で治る。しかし足を切断しなければならなくなると、これは大きな損失になる。

嵐《あらし》で屋根瓦《がわら》が飛んだくらいなら、出費は手痛いがまだ災難という言葉で済む。しかし濁流で家が流されたら、一家のアルバムも消えるのである。

未来永劫《えいごう》ということは、人間は普通の場合体験しない。地球の終焉《しゅうえん》にはまだ立ち合っていないのだし、すべての事態は百パーセント修復はできなくても、かなりの部分補完が利《き》くのである。視力を失った人、耳が聞こえなくなった人、足を切断した人は、二度と再び、この世の風景を見ることができない、愛する者の声を聞くことができない、二本の足で立って歩けない、という苛酷《かこく》な運命に出会うわけだが、その場合でも、見聞きし移動するという機能を或る程度補完することができる。

花の匂《にお》い、風の吹き過ぎる感じ、潮騒《しおさい》の音、雨の湿度……それらのものが次第に見ているような感じを盲目の人に与えるようになる。

耳が聞こえなくても手話ができるようになると、相手の声が聞こえるような気がするという。手話には私たちには聞こえない声があるのだ。だからいわゆる肉声ではないが、相手の声は伝わるようになる。

手足を切断した人でも、補完的な装具や信じられないほどの筋力がそれを庇《かば》う。私は手足を備えているが、手足のない人で私よりうまく泳ぐ人はいくらでもいる。

だから人間は補完が利くことが当然と思って暮らす。しかし絶対の喪失は決してなくなってはいない。絶対の喪失は、地球が存続している間は人間の死だけである。他者と自らの……。

だからそれに耐えるためには心の準備をしなければ、と私は若い時から思い続けて来た。自分の死を思わない日は一日もなかったけれど、中年以後は、家族を失って自分一人になる時のことも、しつこいほど考え、恐れ続けた。

旅に出ていると、私は自分の帰る家と家族がいることを、夢のように幸せに感じた。離れているのだから、別に家に家族がいようといなかろうと同じじゃないか、私が一人になったら、私は恐らくそう言って自分を納得させるだろう。昔だって自分は一人で旅行に出ていて、決して三百六十五日、家族といっしょということはなかったのだから、と。しかし帰る家に家族がいるということは、家が温かいことなのであった。遠い旅先で、私はしばしば全く荒唐無稽《こうとうむけい》な空想に脅《おび》えることを思いだす。私は何かの理由で、ヨーロッパの或る国から、日本の家に帰る方途を失っているという仮定である。私はこの先何年かかろうとも、日本まで歩いて帰らねばならないのである。

私は数年前にひどい足の骨折をしてからは、やはり以前ほどの運動機能はなくなっていたから、日本まで歩いて帰り着くということは、私の命のある間に可能なことかどうかもわからなかった。しかし何年かかろうとも、何万キロあろうとも、私は歩き始め、歩き続けるだろう、と感じていた。

それはただひたすら運命の修復を求めるからであった。

もうずいぶん前、私は『只見川《ただみがわ》』という短編を書いたことがある。雪深い会津の田舎に住む一人の若妻がその主人公であった。若妻は夫が出征した後、一人婚嫁《こんか》先の理髪店を手伝っていた。姑には客が来るといそいそするなどとさんざん嫌味を言われながらも、夫が帰る日だけを待って、彼女はそれに耐え続けた。

そしてやがて待ちに待った日が来た。夫が復員して来たのである。妻はせめて夫を近くの駅まで迎えに行きたいと願った。しかしそれは冬で生憎《あいにく》の豪雪であった。たった一つの方法は雪の中でもどうやら走行可能なキャタピラーつきの郵便輸送車に載せてもらうことである。もちろんそれは規則違反なのだが、一刻もはやく夫に会いたいという妻の熱望に折れて、郵便局長は便乗を許可する。しかしその郵便輸送車は途中、路肩を踏み外して谷に転落し、妻は夫との再会を目前に死ぬのである。

夫は妻が死んだことを知らされた時、ぽつりと言う。

「生きてもう一度会えるなんて、話がうま過ぎたであります」

そして夫は冷たい妻に添い寝し、葬式を済ませた後、雪の中に出て行って凍死するのである。

最近自殺のことを自死というようになった。自死などという言葉は、以前にはなかったのである。「自死」という言葉は私にはよくわからない。自殺を自死というようになってから、人生の曖昧《あいまい》さがまた一つ増えた。自殺は「自死」とは違う。もっと激しいものだ。

自殺を決意し、それを実行するのも大変なことだが、一人生き残って生きていくこともそれと同じくらい恐ろしいことだ。そして私の廻りには、その苛酷な運命に黙々と耐え、私と会う時には笑顔さえ浮かべてその恐ろしいことを何気なく語ろうとする立派な男たちがたくさんいる。このエッセイは、そうした人たちに対する、私の心からの讃歌《さんか》でもある。

人間の生き方は、できるだけ目立たない方がいい。人類が発生してからどれだけ経《た》つのか私には考える気力も知識もないが、その間の夥《おびただ》しい死者たちが生きて力尽きたその方法は、大河のように自然なものであった。その偉大な凡庸さに従うことが、実は人間の尊厳でもある、としみじみ思うのだ。

ことに老年にとって「目立たないこと」は、明らかに美徳と言ってよい。私は毎年、障害者や高齢者を含めた外国旅行をしているが、その中で性格のいい人と健康な人は、瞬間的には目立たないものだ、ということを発見した。身勝手な人（私もその一人だろう！）や、体に故障のある人は、グループの中ですぐ目立つのである。だから八十代九十代の人で（ほんとうにその年頃の方が、今までに何人も旅行に参加したのだ）健康な人は、グループの中で、遅れもせず、階段の上り下りに危険も感じさせないから、とにかく目立たないのである。後からじんわりと、これはすごいことだ、と思うだけである。

誰でも、たとえ心にどんな悲しみを持っていようが、うなだれずに普通に背を伸ばして歩き、普通に食べ、見知らぬ人に会えば微笑する。それこそが、輝くような老年というものだ。馬齢を重ねたのでないならば、心にもない嘘《うそ》一つつけなくてどうする、というものだ。この内心と外面の乖離《かいり》を可能にするものこそ、人間の精神力なのだろう。それは雄々しさと言ってもいいかもしれない。

「備えあれば憂《うれ》いなし」という標語を私が初めて聞いたのは、日本が空襲というものを体験した初期の頃だったように思う。今では備えというのは貯金のことだと思っている人が多いのかもしれないが、子供の私にとって備えというのは、鳶口《とびぐち》、火叩《たた》き、バケツ、防火用水などといったものだった。

戦時でさえ、空襲は、もしかすると体験せずに済むことかもしれなかった。しかし死はすべての人に確実に訪れる。自分の死と家族の死に備えることはやはり人間の義務なのだろう、と思う。

妻にとって夫の死が恐怖そのものなのは、収入の道を絶たれるからであり、外界との交渉の方法がわからないからだ、ということがある。本当はすべての女性は夫の死後、自分で生きられる方途を常に考えて訓練しておかねばならない。私の育った学校は世間ではお嬢さま学校と思われているが、アメリカ人の修道女の学長が教えたのは、ひたすら自立する力であった。英文科の学生は、私のようなドロップアウト寸前の学生でも、英文タイプをブラインド・タッチで打てるようにさせられていた。それはすぐ英語のできる秘書としての職にありつくためであった。また学長は、「あなたたちは夫がもし死んだら、子供たちを育てて行かなくてはなりません。だから必ず教員免許を取りなさい」と言い聞かせた。それで私も「そんなものか」と思い、資格を持つようになったのだが、後年、先生という仕事ほど自分に向いていないものはないことがわかったので、それを使ったことは一度もない。しかし「配偶者の死後でも人は生きることを命じられている」ということを、この学長は私たちに叩きこんだのである。

夫にとって妻の死が恐ろしいのは、正直に言って精神面だけではないだろう。先に述べたように男たちの中には、家事が全くできないのが多いのだ。半分興味、半分実用で学ぼうとする気もない頑《かたく》なな人も多いのである。だからその男は、妻がいなくては、精神的にだけではなく、肉体的にも生きていけない不自由人なのである。私の実感によれば、料理というものはほんとうは死ぬまで続く奥の深い実用的な芸術である。

私は最近になってますますその感を強くしている。

死を思え、死に常日頃馴《な》れ親しめ、ということは、人間の義務である。

最大の救いは、誰もがいつかは確実に死ぬ、ということだ。もしこの世で最も残忍な刑罰というものがあるとすれば、それは人間に不死を与えることだ。それこそ、拷問《ごうもん》の中の拷問だと言ってもいいだろう。

死の概念については、誰でもどのように考える自由も持っているが、その代わり筋を通さなければならない。かねがね無神論者だった人が、急に「死は神の悪意だ」と書いているのを読んだ時、私はこれはどう考えたらいいのかいささか煩悶《はんもん》した。この人にも急に信仰心ができたのか、とは、さすがに失礼で思わなかったが、無神論ならいかなる場合にも神は存在しないのだから、その点だけは筋道を立ててほしい。神を認めない人に、神の悪意の概念は無理なのである。信仰は、人にとって重大な内的世界で、しばしばそれで地域紛争が起き、血が流されることがあるくらいのものなのだから、承認できない他人の信仰に関しては、完全にバカにし、無視し、沈黙を守るだけの礼儀はいるだろうと思う。

キリスト教の神が、死を含めて、人間世界の不条理についてなぜ沈黙しているか、ということは、長い間の神学的命題であった。私はその点についてはあまり迷ったことがないが、すべては個人の内的世界の問題である。軽々には取り扱わない方が、お互いに気楽というものだ。

ともあれ、私は妻の死を、微笑《ほほえ》みながら語る多くの男たちの静かな勇気に、改めて一輪の赤いバラを捧《ささ》げたいのである。

（九九・八・八）

虎馬《とらうま》物語

トラウマという言葉を、しばしば聞くようになったのはごく最近の話である。英語では、外傷と精神的傷との双方を指すものと思われるが、私はあまり触れた機会がなかったのである。

トラウマを治す機構を、組織的に作る必要がある、ということを初めて教えてくださったのは、皇后陛下である。阪神淡路大震災の後一週間ほどした時だったろうか。皇后さまからご下問があった。傷ついた心のケヤーを専門になさっている先生方がおられると聞いていますが、どういう方たちでしょうか、というご質問だったのである。

その時、皇后さまはトラウマという言葉はお使いにならなかったが、まさにそのことを指しておられたのである。皇后さまと私は同じ大学で学んだので、専門家をわずらわせるほどでもないと思われることは、気楽にお話しになれるのだろう、と思う。

ところが、私は学問的な世界にうとかったので、即答することはできなかった。お電話の後数時間を頂いて、正確に数人の学者の名前を教えてもらい、お答えのファックスを打った。しかしこういう手段と発想があるのだと知ったのは、五年前のこの皇后さまのお電話が最初だったのである。

このごろ、大きな災害や国際紛争や地域戦の後には、必ずトラウマを治す専門家の派遣が考えられるようになった。ほんとうに世界は進歩したものだと思う。関東大震災の時にも、戦争で東京その他の都市が空爆を受けた時にも、広島・長崎の原爆の時にも、終戦後のゆくえの見えない荒涼たる貧困の時にも、ほとんど日本中の人がトラウマを受けていた。それを癒《いや》す専門家などいなかったけれど、家族とか、知人とか、隣の小母《おば》さんとか、学校の先生とかが、その代わりを務めてくれていたのだろうと思う。

しかし昔の犬や猫が病気にかかると、ほとんど適当な治療など受けることはできなかった。ことに野良《のら》犬や野良猫はたくさんいたが、彼らは黙って自分で傷をなめながらうずくまっている他はなかった。それで生きるものは生き、死ぬものは死んだのである。それ以外の方法を誰も考えつかなかったのである。

私などもトラウマというものはまさにそうしたもので、手助けはあっても、一人でじっと時間か自分の心理が癒して行くかするのを待つ他はない、と思っていたのである。

トラウマは、社会的に手助けをして治してあげなければならない、という社会の動きはすばらしい進歩だと思う。しかし同時に個人としては、大きいものか、小さいものかは別として、誰でもがトラウマを持っているのだから、かつての野良犬か野良猫のように、一人で傷をなめて再生する覚悟をもつことも必要な気はしている。自分の受けた不幸だけが最大のものだと思うより、自分も人並みな傷を受けたのだから、多分人並みに立ち直れる、と思う方が希望があるような気もするのである。

夫はいつもおかしな話をするが、先日は私の読み損ねていた東海林《しょうじ》さだお氏の名作漫画の話をしてくれた。

主人公の「ショージ君」は一人の女に言い寄ってひどく噛《か》みつかれる。もう一人の女にも言い寄って今度はひどく蹴飛《けと》ばされる。それでショージ君はトラウマに悩むようになった。最初の女はトラ年、次の女はウマ年の生まれだったのである。

誰でもトラウマがあると言った以上、私のトラウマにも触れなければならないのだろうが、私のトラウマもたぶん人並みな程度である。両親が不仲だったので、私は毎日家で心休まる時がなかった。でもそのおかげで人の心理を読むことが少し早くなり、小説家になった。小説家なんて心はいびつな人がなるものなのである。

東京が激しい空襲を受けた時には、私は死に結びつく直撃弾が、至近距離に落ちる直前にはどういう音を立てるか知ってしまった。十三歳の時である。初めての空襲は平気だったが、二度目の激しい空襲の時は、数秒間の死の予告がいつやって来るかと恐れて、私は軽い砲弾恐怖症にかかったらしい。泣いてばかりいて口をきかなくなった私に手を焼いた、と後年母は語った。しかしそれも持ち前のいい加減さですぐ治った。

私の育った家のような庶民の家庭では、子供の心理を特に重視するような空気は全くなかったけれど、私はすべてのことを、何でもこの程度のことは普通によくあるものだろう、と考えることにして、自分だけが悲劇の主人公だと思うことは、恥ずかしいからやめよう、と考えていた。万事人並み、という感じ方はすばらしく自由で温かい感じがした。

そうやって私も自分のトラウマをどうやら切り抜けてきたのだろうが、その結果、私の心の深層の気づかないところに傷が残ったとしても、今となっては、自分自身では意識しない方が幸福だ、と認識するようになっている。精神の歪《ゆが》みは誰にでもあることだろう。私の友人たちは、私のいびつな心をそれなりに許してくれたし、あの戦争の頃に比べれば、心の傷の癒し方、ごまかし方も、たくさん選べるようになっている。若い人は別として、殊《こと》に私のような老年は、肉体と同様、心も死ぬまで何とか平静に近い状態を保てればいいのである。

むしろ最近のように、社会的なケヤーが充実して来ると、次の危機が現れそうだ。つまり、組織的なケヤーがないと、自分のトラウマは治らない、と思いこむことである。

もちろん傷口はきれいに治る方がいい。

つくづくそう思うのは、私は四十八歳の頃、ストレス病だといわれる中心性網膜炎に両眼をやられた。これは眼の湿性肋膜炎《ろくまくえん》のようなものだそうで、網膜の炎症がきれいに治らないとひっつれが残って、ものが歪んで見えるような後遺症が残る。

もともと性格が歪んでいる上に、眼の画像まで歪んだらもっと始末に悪いと思って、私は今まで五十年に近い作家生活の中でその時初めて、六本の連載の休載を許してもらった。その上で、最近の医学の発達のおかげで、眼球に直接ステロイドの注射を打つという治療法が効いて、私の中心性網膜炎は実にきれいに治った。もっともその後で、その時のステロイドが影響してか、若年性の後極白内障が急速に進んで視力がどんどん落ち、数年の休筆が続いた。しかしそれも後から考えてみると、私にとっては、すばらしい休暇であり、考えるための時間であった。

傷はきれいに治せたらいいのだ。しかし視力と違って、心の傷は少々歪んで治っても、それを意識していさえすれば、その人の特徴として使うこともできる。

去年の暮れからお正月にかけては、シンガポールで寝正月を決め込んでいたので、気楽な読書を楽しんで過ごした。『検屍官《けんしかん》』でデビューしたパトリシア・コーンウェルの『業火《ごうか》』もその一つだったが、その中に見事なトラウマ論が出て来たのである。

バスルームという燃えそうなもののない場所からの激しい出火で、殺人遺棄遺体が燃える事件が続く。その犯人の一人とみなされる女性脱獄囚キャリーについて、州検屍局長ケイ・スカーペッタとその男友達ベントン・ウェズリー元FBI心理分析官とが語る場面である。

「『(犯人が)幼いときにバスルームで何かが起こったんじゃないかな。性的虐待《ぎゃくたい》とか児童虐待を受けた、あるいはトラウマになるようなことを目撃したとか』

『刑務所の記録でそれをさがせればいいのに』

『問題は、刑務所にはいっているやつらの半数がそれに該当するってことだ。ほとんどが虐待された経験をもつ。自分がされたことを人にするわけだ』

『それよりもっとひどいことをするのよ。彼らは殺されはしなかったもの』

『いや、ある意味では殺されたんだ。子供のときなぐられたりレイプされたりすると、体はともかく心が死ぬ。もっとも、そのために異常性格になるとは言えない。これを理屈で説明することは不可能だな。悪というものがあって、人間がそれを選択することがあると考える以外にない』」

そして犯人ではないかと思われるキャリーという脱獄犯のことについてベントンは次のようにも言う。

「『キャリーはインタビューにはぜったい応じなかった』(中略)『精神鑑定もほとんど役にたたない。彼女がそのときにどうふるまって相手を操ろうとするかによって、まったく違った結果がでる。今日は精神異常、明日は正常。分裂人格。うつ状態で非協調的。そうかと思うと模範的な患者になったり。ああいう連中はわれわれより人権を守られているんだよ、ケイ。刑務所や犯罪者精神医学センターは、収監されている人間を保護しようとするあまり、こっちを悪人扱いしかねない』」

著者自身の職業が検屍局のコンピューター・アナリストだったというから、まさにこれは体験が書かせた業界内部のすばらしい現状報告である。そしてトラウマが残す千変万化の病状の表れ方が、ここではキャリー一人に集約されているが、それは普通の人が受けるトラウマとその表現の複雑な因果関係を示している。つまりトラウマとその結果には、定型がないから簡単に裁けない、ということだ。

もう一つ読んだトラウマ関連の記事はシンガポールの「ザ・ストレイツ・タイム

ス」紙に載ったものである。

テレサ・スーは今年（二〇〇〇年）百歳になる女性である。しかしヨガをやっているおかげで、数十歳は若く見え、考えの柔軟さはティーンエイジャーのようだ、と筆者は書いている。

テレサは一九〇〇年に中国の広東《カントン》省汕頭《スワトウ》に生まれた。一九二七年、母、二人の姉妹と共にペナンに移り、カトリックの修道院の経営する学校で英語の教育を受ける。

一九三三年、テレサは掃除婦と事務員の仕事を求めて香港《ホンコン》に行く。

一九三七年、重慶でドイツの通信社の秘書として働く。その後戦争で傷ついた人を助けるためのボランティアとしても働いた。

一九四五年、ロンドンで看護婦の勉強をし、病院勤務をする。

一九五三年、新しい病院をスタートさせるための準備と高齢病人のホームを開くためにパラグアイへ行く。

一九六一年、ペナンの家に帰る。マレーシアのペタリンジャヤのアスンタ・ファウンデーションの責任者となる。

一九六三年、シンガポールに移る。クオン・ワイ・シュウ慈善病院の婦長に就任。

「心から心への奉仕」活動を始める。

一九六五年、ジャラン・パヨ・ライで「高齢病人ホーム」を開設。ヨガをインド人について習う。

一九七三年、どちらも校長だった姉妹のウルスラとルーシーが死去。弟でカトリックの司祭だったアントニーも死亡する。

一九八一年、母が百四歳で死去。

一九八五年、「高齢病人ホーム」の婦長として、前職からは引退。

一九九九年、フーガン街一番地に「高齢病人ホーム」を移転。

二〇〇〇年、シンウィー路の借り家で、年取った貧困者のためのサービス・センターを開所の予定。

「あなたの長寿と健康の秘訣《ひけつ》は何ですか？」

インタービュアーは尋ねる。

「穏やかな気持ちと愛を感じている心です。すべての被造物を好きなんです。いいのも、悪いものもね。もしその人が悪い人なら、それはもっと愛が必要だということです。人を傷つけるのは、幸福でない人なんです」

「どうして『高齢病人ホーム』を始めたいと思ったのですか？」

「私が幼い時、汕頭の私の家の近くには乞食《こじき》がたくさんいて、私は窓越しにその人たちを見ていたものです。歩くことのできない人もいました。路《みち》でウンコをして大声で物乞《ものご》いをしていました。いつも心が痛みました。誰一人としてあんなになってはいけない。大きくなってお金が入ったら、こういう人たちのために使おうと自分に言い聞かせました。

シンガポールに来てからも貧しくてほっておかれている人たちを探して訪問を続けました。しかし家がない限り、彼らといっしょには住めない。そこで妹のウルスラが手伝ってくれて約九百万円で小さな土地と一軒家を買ったのです。

以前は私たちも貧しくて放りだされていました。人間は基本的なものを与えられるべきです。食べ物、住む所、そして医療です」

「シンガポールでは高齢病人はきちんと面倒を見られていますか？」

「とんでもない。完全に捨てられています。首相のゴー・チョク・トンと前首相のリー・クアン・ユーは、私たちは福祉主義を排さなければならない、と言いました。人々に自分自身のことは責任を持たせねばならない、というのです。『私たちは英国や他のヨーロッパの国々のように福祉が人々をあまやかしているような国にしたくない』と彼らは言ったんです。

しかし高齢病人たちは独立できない人たちなんですよ。八十九歳や九十歳になって、どうして独立できます？　彼らだって独立したいのです。しかし彼らは歩くことさえできないんですから」

「政府は彼らを援助していますか？」

「政府は彼らに感謝の気持ちを表すべきです。なぜなら彼らが一生懸命シンガポールを造ったのですから。現在彼らは一万二千円をもらっているだけです。しかしそれで家賃やガス、電気、水道料と病院の払いと、そこへ通うタクシー代を払ったら、後に何が残ります？　一日に百二十円の食費も残りません。最低、三万円は彼らに与えるべきです」

「あなたの宗教は？」

「人が宗教と呼ぶようなものは持っていません。私の信仰は私の哲学、私の良心です。教会へ行って、お説教を聞き、自分の魂の救いを考えるより、病気でここにいる人たちの面倒を見る方がいいのです。神は教会にだけおられるのではありません。この家と私の心にもおられます。神はどこにでもおられるのです」

「すべてのことを遅く始めましたね。二十七歳で普通教育、四十五歳で看護婦の勉強、六十五歳でホーム開設？」

「いつも私が感じているのは、私の上に起きたことは、すべて神のご希望だったということです。私たちは弱い精神しか持っていませんが、神のご計画は広大です。私は与えられたことをすべて受け入れているのです。それが神のご意志なのですから」

（二〇〇〇・二・五）

風通しのいい部屋

私の実母が八十三歳で亡《な》くなったのは、六畳一間の小さな離れだった。他に半畳分のキチネットと風呂場《ふろば》がついていた。家具としては簞笥《たんす》が一棹《さお》と茶簞笥のような雑物入れがあった。この離れを私はよく「六畳一間の大邸宅」と言っていたが、亡くなった時も、彼女の所持品一切は、つまりそこに収まるだけだった。

人が死んだ時、遺族が困るのは、雑多な遺品をいかに始末するか、だと言う。

私の母は、私が時々書いているように、円満な性格の人とは言い難かった。料理もお裁縫も上手だったが、性格的には癖の強い人で、私の性格の悪さは多分にこの人から受け継いだ遺伝子のせいだ、と言うことにしている。

しかし母の行動で一番みごとだったのは、死ぬ時にこれほどにものを持っていなかった、ということであった。もっとも母もすんなりと身辺整理を果たしたわけではない。六十歳を過ぎて父と離婚する時には、まだけっこう物質的なものに執着していて、あの飾り棚は私が結婚する時に持って来たものだ、とか、あの大皿は母方の誰それがくれたものだ、とか言い張ることがあった。

その時、私は母を「脅迫」した。人間は自分がしたいこと（この場合は父と離婚すること）のためには、必ず代価を払わなければならない。ただで何かいい結果を期待しようと思うのは汚い。だから離婚という自由を勝ち得て、一人娘の私といっしょに住もうと思うのなら、一切のものを父の元に棄《す》てて来ること、というのが私の条件であった。

父母が離婚した時、私は三十二歳であったが、二十三歳の時から小説を書いて原稿料をもらうようになっていたので、身一つで父と別れることになった母に対してまあまあ不自由はさせないで済むようになっていた。それで私は二メートルほどの木製で屋根のない渡り廊下で繋《つな》がる「六畳一間の大邸宅」の離れを母のために建て、母は体が不自由になるまで母家《おもや》の私たちの居間でいっしょに食事を食べていた。屋根はなくても、たかが二メートルだから、豪雨の時以外、特別に雨が降っても行き来に不自由することはなかった。

母がいつの頃から身の廻りのものを減らし始めたのか、私は実はよくわからないのである。私が自動車の免許を取ってセコハンのフォルクス・ワーゲンを買ったのは一九五五年で、その動機はもうその頃から、母は歩くことが不自由になりかけていたからである。

しかしその頃、駆け出しの作家が車を買うなどということは、文学の敵だ、という空気があった。車を運転するような人間に文学がわかる筈《はず》はない、と非難した人が、後年、運転手さんつきのベンツに乗るようになった。それを聞いた時、私は怒るよりむず痒《がゆ》いような楽しさを味わった。「時移り、人変わる」のはいいものであった。

母は一八九九年の生まれだから、夏のアッパッパ以外には、洋服など着たことのない人だった。母がほとんど寝つくようになった頃、私は取材で沖縄に行き、久米島《くめじま》紬《つむぎ》を二枚、母のために買って来たことがある。私はそれを母に渡し、「他の着物は誰に上げてもいいけど、これだけは私が将来着るんだから、私が着られるように裁っておいてよ」と言った。母も割と大柄な人ではあったが、私のように百六十五センチという身長はなかった。

その二枚の紬は別として、母はほとんどすべての着物を人に上げてしまっていた。着物は、病院へ行ったり入院したりする時に着るウールが二、三枚あった。女性は着物に執着があるというから、母はもう自分がまともな着物を着て外出する日はないことを、黙って覚《さと》っていたのだろうか。或《あ》る日母は私に、

「指輪を上げていいかしら」

と許可を求めた。姪《めい》、つまり私からみると従姉妹《いとこ》たちにやりたかったようだった。母から見て姪たちが、果たして母からもらった慎《つつ》ましい指輪を喜んだかどうか私は知らない。しかし私は反対したことはなかった。早く上げないと、向こうだってはめる機会が少なくなるからすぐ上げなさいよ、とは言った覚えがある。

もっとも時々おかしなこともあった。母はかわいがっていた甥《おい》の「正《まあ》ちゃん」にも、車を買うためのお金をやる、と言っていた。「出すなら早くお上げなさい。上げる上げると言ってなかなか上げないのは、趣味が悪いですからね」と私は厭味《いやみ》を言った。その時私は、多分母は百万円くらいはあげるつもりだろう、と暗黙のうちに考えていたのである。

しかし母が甥の「正ちゃん」に渡したお金はたった十万円であった。当時のお金の価値は今より少しはあっただろうが、それにしても十万円では車半台も買えない。

今東光氏に生前伺った話なのだが、亡くなられた母上が「私の死後も葬式の費用の心配は要らないからね。お金は押し入れの釘《くぎ》にかけた袋の中に用意してあるから」と言われたので、或る日今氏がこっそり覗《のぞ》いてみると、そこには三千円が入っていた。今氏の母上の意識の中では、三千円あれば充分なお葬式が出せたのである。私の母の十万円も、ちょっとその話と似ているところがあった。

私と従兄《いとこ》の「正ちゃん」とは陰でこの金額について大笑いした。いくら昔でも十万円では、軽自動車のセコハンを買うのもむずかしかった。それでも彼は「叔母ちゃんには、ありがとう、これで僕もマイカーが買えます、って言っておいたからさ。今度ほんとに乗って来て、ドライヴに連れて行くよ」と言い、結局彼が自分でかなりの金を足して車を買ってくれたのである。

母ほど娘孝行な人はなかったろう。

残した着物はつまり久米島紬が二枚だけ。後は洗いざらした浴衣《ゆかた》が七、八枚と、病院行きのためのウールの着物が数枚だけ。箪笥の中はほとんど空だった。茶箪笥の中には、粉薬を包んであった四角い紙にメモした和歌の下書き、眼鏡と住所録、そんなものだけだった。お金も長い間の療養期間に付き添いさんの費用としてほとんど使い尽くして、数十万円を残しただけだった。

母の残したものの整理は、たった半日で終わった。この話をすると、友達は一様に、

「いいわねえ。偉いわねえ」

と言ってくれた。私は母から思い出以外の物質的なものは何も残されなかったが、一方母に物質的な迷惑をかけられたこともなかった。この点でだけは、母は世を去るに当たっての達人であった。

私たちの年になると、人間の性向ははっきりと二つに分かれる。善悪の問題ではない。ただ性癖の問題である。何一つもったいなくて棄てられない、という人と、どんどん棄ててしまう人とである。

棄て魔も困るだろうが、取っておく趣味の人も大変だ。

或る老女は、新聞紙や空き箱や空き瓶をすべて取っておいていた。戦争中のものものない時代の記憶が未《いま》だに残っているのである。それらはまず人間が住むべき空間を占領した。部屋が空き箱で狭くなり、やがて階段の片隅にも置かれるようになった。更に階段の両側がもの置きになり、足もとの悪い老女は階段を下りられなくなった。

私たちの親しい友達の間でも笑い話がある。友人の一人が癌《がん》になった。手術の日が近付くと、彼女は都内でも昔から「実物に似ず美人に撮ってくれる」というので有名な写真館へ、告別式用の写真を撮りに行った。

私たち仲間は嘲笑《ちようしよう》し、十年も生き延びたら、もうその写真は実物と別人のように若くなっていて使えたものではなくなる。そんなむだなことにお金を使うなんてばかだ、と言ったのである。私たちの予測はその通りになった。この人は今でも健康で、決して安くはなかったはずの告別式用の写真はもうおかしくて、使用不可能になっているはずだ。

彼女はその時同時に、身辺の整理を始めた。古い寝巻や下着は思い切って全部棄てることにした。ところがその日に限って、彼女は最近車も磨いたことがない、ということに気がついた。せめて車を洗って、ワックスをかけてから入院しよう、と彼女は決心した。

いよいよ車を洗い、ワックスをかける段になって、彼女はボロ布が足りないことに気がついた。さっき棄てたシャツと寝巻を拾ってくれば、あれで充分車が磨ける。そのボロ布は、また洗ってとって置けば、また何かの時に使える。

私たちはこの話のいじましさに笑い転げた。笑うということは同感を意味し、自分が同じ行動をするという暗黙の承認を示していた。

世間にはいろいろな趣味の人がいるが、私の最近の趣味は、ものを片づけ棄てることになった。つまり整理である。

私はこれで四年半ほど、財団で働くことと、小説を書くことと、二足の草鞋《わらじ》をはいて来た。やはり忙しくなったのである。それを切り抜けるには、すべて今日しなくて済むことはしないでおくほか、締め切りに何とか遅れずに済む方法はなかった。

もっとも六十四歳で勤めを始めてから、私はすべてが早くなった。料理も身じまいも書く速度も、である。しかしその背後には、整理をよくする必要があった。私は或る時、考古学者といっしょに旅行し、一見、身の廻り一切に非常に無頓着《むとんじゃく》に見えるその人が、毎日毎日、独特の整理方法でカバンの中身を整然としているのにびっくりしたことがある。

私は生活の中で捜しものをする時間を省くために、プラスチックのバスケットを幾つか買って来て、朝のパンの時に必要なもの（チーズ、バター、ジャム、マーマレード、ピーナッツバターなど）を入れた。もう一つのバスケットには、お粥《かゆ》を食べる時のおかずだけを集めた。海苔《のり》の佃煮《つくだに》、塩昆布、雲丹《うに》、田麩《でんぶ》、中国の腐乳などである。朝、お粥を食べる時には、それを引き出せば、お粥に合いそうなすべてのおかずが無駄なく出て来る。

私は食卓の上に筆立てを一つと大きなマグを一つ置いた。筆立てには、大衆食堂のように家族と秘書たちの使うお箸《はし》と取り箸を立てた。マグにはパン食をする時に必要な、小型のスプーンやフォーク、バターナイフ、チーズ・スライサー等を集めた。そうしておけば、忘れものがあっていちいち立って取りに行くこともない。

恐らく十年以上いじったこともなかった納戸《なんど》も整理した。毛布は前年、カトリック教会で言われて、ホームレスの人たちのために供出したのでかなり減っていたが、今年はさらにブラジルから、出稼ぎに来る家族が二組もあったので、まだ毛の痩《や》せていない程度できちんとドライ・クリーニングに出してあったのを使ってもらうことにした。

納戸はがらがらになった。何という爽快《そうかい》な気分だろう。私は物質的な執着も強い方だが、それと同じくらい空気と空間も好きなことを知った。それは母が昔私に教えていったことが影響していた。

母は私に風通しのいいことは大切だ、とよく教えたものであった。家の外壁の周囲の植木はよく刈り込み、家は必ず十文字に風が抜ける構造に建てなさい、と言った。昔エヤコンなどがなかった頃の知恵であろう。

しかし私はエヤコン時代でも、同じような気持ちで家を建てていた。西に窓をつけることは、暑いとか家具が陽に焼けるとか言って嫌う人が多い。しかし西窓があると冬の間いつまでも部屋が明るく温かく、老年の鬱病《うつびょう》を防いでくれる。北に窓がなければ、南の風も充分に吹き抜けない。

後年私は畑を作る趣味を覚えた時、植物を育てるには四つのものが重要だということを知った。健康で肥沃《ひよく》な土、豊かな太陽、適切な水、そこまでは誰でもがわかるが、さらに必要なのは、充分な風通しであった。風通しが悪いと虫害が必ずひどくなった。

旧約の『ヨブ記』の一つの中心的な思想は、「私は裸で母の胎を出た。また裸でかしこに帰ろう」ということである。その背後というか周辺には、現世で使っていたもの、執着したものは何一ついらない、と思い至った人の世を去るに当たっての爽《さわ》やかな姿勢がある、と私は思う。

しかし人は現世で何一つ残さなくていい、という心理にもなりにくいのだ。ほんとうは我々弱い者は、自分のいいところ、自分が存在したことを他人に知ってもらいたくてたまらないのだ。

義人ヨブは神と悪魔との間で一種の試練に遇《あ》って、息子たち、僕《しもべ》たち、家畜、住む家（天幕）、健康などすべてを失う。勧善懲悪が信じられた時代に、これはヨブが悪事を働いた結果の罰だ、と友人たちは思うのだ。しかしヨブは神を裏切ったこともない。妻までが、そのようないわれない罰を与える神を罵《ののし》って死ね、と夫に言う。しかしどのような不当な目に遇わせられようと、ヨブは神を裏切らないのである。それはいかなることがあろうとも、神は、自分の誠実を知っているという信仰によるものである。

人間は長い間人生を見て来ると、次第に世間の評判はどうでもよくなる。ほんとうはどうでもよくはないのだが、所詮《しょせん》世間も他人も真実を知るものではない、と知るからである。

神だけが私を知り、私の思いを記憶し、私の行為を評価するのだ。だからそれ以外の現世の評価はすべて、一種の迷妄なのである、と少し思えるようになる。いわれなく非難された時は悲しむだろうが、いわれなく褒められる時もたまにはあるかもしれないのだから、その時は僥倖《ぎょうこう》と思うだけである。

私はよくエルビス・プレスリーの歌の一つを思い出す。それは『彼のみに知られた』という題の聖歌である。「彼」は大文字で書いてあるから、それは神を意味する。神のみに知られていれば、後はどうでもいい、ということだ。

もちろんそう言い切れるほど、人は強くない。しかし最終の地点で、人は一人の理解者を得ていれば、自殺しなくて済む。それは神以外にはあり得ない。人は人生の最後には、神に恋をする。神にさえ知られていればいい、と思う。これは恋の感情と似ている。私にはまだ現実のものとは言い切れないが、多分そうなるのだろう、という予感がする。

そしてうまくいけば、私の周囲には何もなくなり、物質的にも精神的にも風通しはよくなり、そのようにして私はヨブのように「私は裸で母の胎を出た。また裸でかしこに帰ろう」という境地になれるのかもしれない、とまだ希望を棄ててはいないのである。

（二〇〇〇・四・五）

Ⅱ 再訪

アフリカ再訪

霞《かすみ》が関《せき》の中央官庁（運輸、建設、厚生、農林水産、文部）の各省の若手五人、希望するマスコミ関係者五人、それと日本財団の若い職員に、アフリカのもっとも貧しい部分の現実を見せる旅は、今年で三回目になった。

「マラリアを初めとして、下痢、肝炎、狂犬病などの病気もいくらでもあります。政情も不安定です。それらの危険を一切回避するという保証は日本財団にはできません。できるだけの安全は考えますが、人間の能力では不可抗力のものがあります。その危険を納得されるようでしたら、おいでください」と言って同行するのだが、それだけにいつも一番私が感動するのは、帰路、飛行機の車輪が成田の飛行場のランウェイに接地した瞬間である。若い人たちの命を預かって行って、無事に日本に返して頂きましてありがとうございました、と私は改まって神にお礼を言うのである。

人生とは矛盾したものだ。誰も安全と健康と日常性の継続を願わない者はない。しかしそれだけではまた魂が生きない。だから中にはこうしたアフリカの粗削りの生の実態を、危険を承知で見たがる人々もいる。

去年もコンゴ民主共和国（旧ザイール）に入る日程を立てていたのだが、寸前になって政変が起きた。日本大使館は退去し、そこにいた数人の日本人シスターだけが残った。大使夫人は何度も親切に、いっしょに行きましょうと誘ってくださった、とシスターたちは今でも深く感謝している。日本国政府が危険を避けるために退去を命じたのも理解できるが、シスターたちは、この世の制度や力よりも、神に従うことを誓った。だから彼女たちはこの世の為政者の命令より、この国で働くという神の命令に従ったのである。たとえいかなることが起こっても、彼女たちはそれを納得しただろう。

その時私は一人なら、予定通りこの国に入ったろう、と思う。スイスからはたまに飛行機が飛んでいたというし、闇《やみ》で食料を買ったり、飛行場に辿《たど》り着いてとにかくヨーロッパまで脱出する飛行機の一席を見つければいいのだ。そんな時、私はワイロを使って席を見つけることを、さして悪いことだとは思わない。しかし十七人分の食料と飛行機の座席を確保することは、動乱の中では容易ではないから、コンゴ入りの計画はキャンセルされたのである。

その上キルギスで誘拐され、六十三日ぶりに釈放された国際協力事業団（JICA《ジャイカ》）関係者の例を見てもわかるように、今や日本人であるというだけで誘拐の対象になる。キルギスの四人に対して身代金《みのしろきん》を払わずに、人道的配慮だけで帰してもらった、などという政府の発表を信じる者は、外国の実情を少し知る人にはいないだろう。ゲリラに直接払ったかどうかは別として、仲介者にはうんと支払う結果になったろう。今や誘拐は、貧しい国々では、実は国家単位、政府単位で可能になった新商売である。今回も日本政府はその事実を隠すことで、世界に通用しない甘い考えを持つ日本人を作った。その責任は負わねばならない。誘拐の結果人質が釈放される例が増えれば増えるほど、世界の誘拐業は、もっとも有効な金儲《もう》けの対象として、日本人、日本の航空機、日本の船舶を狙《ねら》うようになる。動乱の国に入る場合には、その方面の要心も必要になって来るのである。

コンゴは私にとって初めての国だった。そしてそこには私と昔から深い関係にある二人の日本人シスターたちがいた。彼女たちは「マリアの宣教者フランシスコ修道会」に属しており、シスター・中村寛子《ひろこ》は以前アンゴラにいてゲリラに捕まり、ジャングルの中を一月間歩かされた。その間、彼女の生死は不明だったのである。しかし再びアンゴラには入らない、という誓約書を書かされて国外へ出た彼女は、少しも懲《こ》りずにアンゴラの隣のコンゴに入ることにした。その時から私が働いている海外邦人宣教者活動援助後援会（通称ＪＯＭＡＳ《ジョーマス》）はシスターのコンゴでの活動を助けることになった。当時私たちが贈った二台の身体障害児の通学用のバスは「コンゴ一のおしゃれなバス」だということになっており、それに乗りたさに、子供たちは学校に通うようになったという。このシスター・中村は、昔山口県モーターボート競走会に勤めており、そこを辞める時の退職金でシスターになるための用意をした。

もう一人の知人はシスター・高木裕子《ゆうこ》だった。私の同級生でやはりシスターになった高木基美子《きみこ》の姪《めい》であった。この高木一族は、娘たち六人がすべてシスターになった。そして男の兄弟に生まれた姪のうちの数人もまた、こうしてシスターになっているのである。

首都キンシャサに着くと、その夜の宿泊はインターコンチネンタル・ホテルだと聞いて、私は少し苦い思いをした。アフリカ行きは官民共学の旅ではあっても、官民接待の意思は全くないのだから、添乗員もつけていない。荷物運びも炊事もすべて皆でやるし、お客扱いは一切しないという建前なのである。しかしアフリカまでは、日本から二日がかりで着くのだ。最初の一日くらいは少し贅沢《ぜいたく》なホテルでゆっくり休ませねば病人が出る、と私は納得することにした。

しかしシスターの話によると、私たちが宿泊することになっている世界的なレベルの「インタコ」ホテルも近々閉鎖になるという噂《うわさ》があると言う。誰も観光に来ないし、ホテルをほとんど「傭兵《ようへい》」に貸してしまったので収益が上がらないのだと言う。「傭兵」とはまた古い言葉だ。一体どういう人たちがいるのだろう、と思ってホテルに着くと、溢《あふ》れていたのは国連軍の連絡将校たちであった。シスターたちは日本の新聞を読んでいない。だから日本ではＰＫＯ部隊などという呼び方をしていることも知らないのである。そして確かに国連軍は現代の傭兵であった。

この国は歴史的には十四世紀に王国が出来たのだが、そこにやって来たのはブラジルのために必要な奴隷《どれい》を補給する目的で渡来したポルトガル人だった。ポルトガルのような国は、どういう形でこの国に「謝罪」したのだろうと、私は思った。しかしその後ベルギーが領有したために、この国の言語は地方地方の部族の言葉を除いては、公用語はフランス語である。

翌日、広大な中央市場のような所を見た時には、私はまだ少し明るい気分だった。ものは一応なんでもある。肉も魚もあるし、野菜も果物も豊富だ。ただ誰がどれだけ買えるのかは、よくわからない。そしてここでは空きビンも売っていた。私たちが「燃えないゴミ」として出す一切のビン類（ビール、薬、洗剤の容器まで）すべてが売り物になりえているのであった。

しかし私が次第に滅入《めい》るような気分になって来たのは、セレンバオのサナトリウムと呼ばれる国立病院を見た時であった。

昔はここは町外れで、文字通り結核の療養所だったという。確かに外観も建設当時はモダンなものだったろうということが推定される。しかし今は「廃墟《はいきょ》病院」というほうが正しかった。中へ入ると、それは隅から隅まで荒れ果てていた。洗濯室の一部の機械は錆《さ》び、アイロン台の布は腐ったような色に変質してもはや使えないという。古いドイツの洗濯機はいまだにどうやら動いてはいるが、とても入院患者のすべての需要は満たせない程度の能力しかなかった。

死体置場《モルグ》なるものは、タイルがあちこち剝《は》がれた開けっ放しの室であった。誰かが「臭気がひどいから、入らない方がいいですよ」と私を脅かす。遺体はもはや治療を要しないからどうでもいいが、入院室の方も壁や天井を修理したことがなく、ドアも動かなくなっているような部屋だった。

そこに何人かのエイズ患者もいた。末期のエイズ患者が他の病人と隔離されているわけでもなく、実のところ完全にエイズだという検査結果が出ているわけでもないらしい。それというのも、日本円で数千円かかる検査をするだけの費用を出せる患者はいないし、第一検査は治療に繋《つな》がらないのである。更にエイズがそれほどの悲劇と思われないのは、エイズにかからなくてもどっちみち五十歳か、時にはそれ以下で死ぬので、病気はなんであっても死ぬなら同じ、というわけだ。

大人でも子供でも、末期のエイズ患者の特徴は、骸骨《がいこつ》の上にやっと皮が被《かぶ》っているというような表情になることだった。というより顔の下にその人の骸骨が見えるほどに痩《や》せるのである。

臨終の呼吸になっている人もいた。時々胸がふいごのように鳴る。老婆《ろうば》がついていて顔中を歪《ゆが》めているが、病院は匙《さじ》を投げているように見える。この病院だけが冷酷なのではない。ここには何もないのだ。レントゲンの機械も壊れたままだし、薬もなく、使い捨ての注射器さえない。

私が殊《こと》に驚いたのは血液検査の部屋に顕微鏡が文字通り一台しかないことだった。検査室も天井板のあちこちが破れたままで雨が漏るのを防げないので、顕微鏡を持って雨漏りを避けて逃げ回っているのだという。だからタイルの台の上は散らかったままだ。

手術室には、喧嘩《けんか》の結果、刃物で刺されたという患者が手術台の上にいたが、見学の私たちとの間にはしきりのドアさえなかった。ここも同じであった。床のタイルは割れてなくなり、壁は染《し》みだらけ。わずかに破れずに残っているガラスはいつ磨いたのか、掃除した痕跡《こんせき》すらない。

　私たちは病院の医師たちから、援助を要請された。何もない。ものも金もないのだから、何をしてもらってもありがたいだろう。しかしここまで来ると私たちには数十本の使い捨ての注射器を手渡す以外のことはできなかった。医師たちはもう数カ月も給料を払われていない、という。仮に私たちが手持ちの金を十万円、或《あ》るいは百万円渡したとしても、それは到底患者には届かない。金は医師たちで分配されてしまうだろう。そして私たちはそれを咎《とが》めることもできないのだ。

　その翌々日、私たちの車は突然、市内のバスの車庫のようなところに乗り入れた。入口に大きな鉄扉《てっぴ》があってその奥は全く見えなかったから、突然そこに数百人の子供と女性が現れた時、やっとこれが予定に組まれていた戦争未亡人の収容施設なのだな、とわかった。ここには二百人ほどの戦争未亡人と五百人を越すその子供たちが、部屋のしきりも何もないがらんとした車庫の中で、雨露を凌《しの》ぐ生活をしているのである。車庫そのものが、動乱の時、略奪に遇《あ》って廃墟になったところだった。

　内戦とは言え、政府軍側の兵士として戦争で死亡した人の家族には、当然政府が補償や遺族年金を支給するものだ、というのが日本人の考え方である。しかしそんな

「常識」はここでは通らない。夫が死亡した時、彼女らはそれまで住んでいた「文化的な」アパートからすぐ追い出された。そしてこのコンクリートの剝《む》き出しの床しかない車庫で暮らすことになった。彼女たちは、完全に「棄民」されたのである。しかし月に一度、大豆一キロ、トウモロコシ十キロ、油四リットルは配給される。しかしそれだけだ。野菜を近所の畑に作りに行く人もいる。未亡人なのに、赤ん坊も生まれている。すると男からの援助のある女性もいることとはいるのだろう。生活はたくましく流動的だ。

しかし彼女たちはボロやシーツをぶら下げてわずかにプライバシーを保った二、三畳の空間で暮らす。マットレス、敷物、バケツや掃除用具、炊事用具、何のためにおいてあるのかわからない壊れた家具など以外、家財などほとんどない。

故郷に行けば、親類もいるし、何とか耕す土地もある。帰りたいが、航空運賃が一人三万円かかる。

「バスで行ったらどうなんです？」

と私は尋ねた。バスなら数百円で行けそうだと思ったのだ。

「曽野さん、道がないのよ」

とシスターが教えてくれる。仮に四輪駆動車があったとしても辿り着けない土地なのだ、という。道のない村に住む人たち、というのは、そもそも歩いて行ける範囲しか移動したことがなかった、ということだ。

この施設はシスターたちが面倒を見ている。だから私たちは入って来られた。しかしこんな場所はまともに申請を出したら政府は全く見せたがらない。ほぼ取材などできない所だと、新聞社、通信社の人たちは喜んでくれる。私たちがいる間にも通報を受けた役人が来て、いろいろと文句をつけだしたが、私が言葉のできないのを幸い、にっこり笑って握手をして時間を稼いだ。

来る時には夢中だったキンシャサ空港に別れを告げる日が来た。シスター・高木はマラリアに罹《かか》っていて、床に就いていた。シスター・中村が送ってくれ、他のシスターの甥《おい》だという人が空港の顔利《き》きで、私たちは特別扱いをしてもらっているはずだった。それでも、空港中に溢れている役人たちには、規則もシステムも組織もなかった。私たちは何度も理由なく止められ待たされ、パスポートを集められ、また返されまた取られ、右往左往し、後戻りを命じられ、外貨を持っていないか、と聞かれた。外貨を持つのは違法だというルールがあると聞いていたが、他の外国もついでに旅行する旅人が、外貨を持たずにこの国にいるわけはなかった。すべては非常識だったが、それを正す判断はこの国にはなかった。私は金を持っているかと聞かれた時、わざと何語もわからないふりをした。すると質問はそのままうやむやにされた。

私は四年前の骨折以来、時々ストを起こす足を引きずって空港内を用心して歩いていた。ここでも床のタイルは剝がれ、壁板は取れたまま、天井板も落ちた部分がそのままだった。電気の器具はぶら下がり電球のないソケットもいくらでもあった。階段の端はコンクリートが欠けたままになっているので、私はまた落ちて怪我《けが》をしそうな恐れを抱いていたのである。これがこの国の玄関の顔、国際空港の実態であった。

この国は溶けかかっている、と私は感じた。これが一応の独立国の体裁を取った国家の現在の姿だった。

私はシスターに小声で言った。

「数カ月後には、また何か起きるような気がするわ。そうしたらどこでもいいから、一番近い外国まで逃げてくださいね。そこまで必ず緊急にお金を送って、日本にお帰りになれるようにしますから」

「ありがとうございます」

シスターはそんな現実の到来を、全く信じていないような顔だった。

アフリカ旅行の不便の一つは、飛行機の便の頻度が南北に飛ぶものばかり多くて、東西を結ぶ線が極めて弱いということである。それは旧宗主国とその国との関係がいまだに色濃く残存しているという一つの証拠である。

私たち日本人は、例えばミシンを売り込みに来た商人が、まずエチオピアに行き、それから西に向かって一国一国の首都を一つずつセールスをしながら歩けばいいのではないか、と考える。その場合、大陸を横断するようにビジネスの旅程を組めば、一番効率よく時間的経済的効果を上げられるわけだ。

一つのケースを考えよう。エチオピアのアジスアベバからセールスの旅行を始める商人は、西に向かって、スーダンのハルツーム、チャドのヌジャメナ、ニジェールのニアメー、マリのバマコ、という具合に「各駅停車」をしてくれる飛行機が日に一便はあるというような便利はほぼ望むべくもない。

コンゴの次の私たちの目的地はチャドであった。位置としては中央アフリカという国をはさんでコンゴの北に当たる。南北の便でも、ヨーロッパへ向かうもの以外、毎日便があるわけではない。私たちはカメルーンの海岸の町ドゥアラへ出て、そこで二晩飛行機待ちをして、やっとチャドのヌジャメナに着いた。

アフリカには「饒舌《じょうぜつ》で猛々《たけだけ》しい貧困」と「寡黙《かもく》で伏目がちな貧困」とがある、と私はかねがね思っていた。コンゴは前者であり、チャドは後者であった。だからチャドに行ったことのある人は、すべて伏目がちで静かなチャドの心に「嵌《は》まる」のである。

私にとってもチャドは二度目の訪問であった。私の働いている海外邦人宣教者活動援助後援会が、チャドのシスターたちをずっと支援し続けている。今までにトヨタの四駆の小型トラック（人間が前に五人乗れて、後が荷台になっている）二台、発電機二基、それと教育費と薬品代を何度か送っているので、前回はその様子を見に行ったのである。

この国は物理的にも、なかなか到達しにくい国であった。以前には日本にヴィザを出してもらえる機関がなかった。パリに三、四日いれば、そこの大使館が出すという。（誰がヴィザのためだけに、あのホテル代の高いパリに数日も余分にいられるか！）しかし今度大阪に日本人の名誉領事さんが着任されて、ヴィザは日本で取得できるようになった。

しかしこの国の旅の難しさは、入国のヴィザだけではなかった。首都にだけいるならばいいのだが、私たちの知り合いの日本人シスターたちの根拠地は、南方に三百五十キロあまり離れたライと、そこから更に五十三キロ南のギダリという、向こうでは町、日本の感覚でいえば村にある。そこまで、道はあるにはあるのだが、今は雨季の最後で、ところどころ冠水しているから、一日掛かっても移動できるかどうかは保証の限りでない。私たちはシスター方に頼んで、九人乗りのセスナーをチャーターする他はなかった。一行十六人は半分ずつに分乗して、ライに入り、飛行機は二往復することになる。

私はずっと自動車で行けるはずのルートを、約千五百メートルほどの高度で飛ぶ飛行機の窓から見ていた。走っている自動車が見えるのは、稀《まれ》なことであった。

草原の滑走路に下り立つと、子供たちが自分たちで作った歓迎の歌で出迎えてくれる。修道院は滔々《とうとう》たる泥水を湛《たた》えたロゴネ川のほとりにあった。私たちのグループの中でも、女性たちは少し甘やかされて、修道院の別棟の部屋を与えられたが、男性たちは、シスターたちが経営している幼稚園の教室二間の床に、年長者には数台のベッド、中央官庁の若手官僚もマスコミの若い記者たちも、床に寝袋で寝るのである。網戸もないから、夕方から出勤して来るマラリア蚊に対しては、銘々が長袖《ながそで》のシャツを着たり、蚊取線香を入れた容器をベルトに吊《つ》るしたり枕元《まくらもと》に置いたりして、絶えず防備しなければならない。それにイビキ・オーケストラの凄《すご》さも、一人が戸外に退避するほどのものだったというから、かなりひどかったに違いない。

生活状態のことばかり触れるのは惰弱な話で気が引けるのだが、修道院での生活は、トイレが二つ、水だけのシャワーは一個使えるのだから大したものだった。これとてもその土地では特権階級だからこそ恩恵にありつける自家発電も夜の六時から九時までで、それ以後は懐中電灯を持って歩かねばならない。

電気が消えると、若い世代はどうしていいかわからない、という。私のような戦争体験者は、その点貧しさの中で暮らす訓練ができている。乱雑なりにテーブルの上でものの置場を決め、暗闇《くらやみ》でもほとんどのものを捜し出せるようにしておく。ベッドに入ると、懐中電灯を消して右手で枕の下に差し込む。この位置を決めてさえおけば、いつでも一瞬のうちに灯を灯《とも》すことができるのである。

前回この村を訪問した時、この部屋で早朝、まだ夜の引明けに、私はアフリカの朝に全身を包まれたのであった。

窓は板戸と網戸で、ガラスはない。私は早朝に目覚め、板戸を開け、燃えるような朝焼けの中で、瑞々《みずみず》しい朝の空気がどっと流れ込むのを感じた。その瞬間、私は自分が人生の一断面を捉《とら》えた時によく覚える、一種の生の感動が全身を駆け巡るのを感じた。

それは、乾季の初めだった。アフリカのどこでも、私は濛々《もうもう》たるキナコのような埃《ほこり》の中を車で走った。悪路は自動車を空中に放り上げ、地面に叩《たた》き付けるので、私はヘルメットをかぶるか反射的に首を竦《すく》めるかしなければならない、と構えながら何時間も車に乗っていた。

この穴ぼこだらけの道は何だ。この牛たちの狂暴な外向きの角は何だ。この子供たちの不潔な衣服は何だ。この掃除をしていない穀物倉庫は何だ。このまばらにしか生えていない効率の悪いトウモロコシ畑は何だ。この重心が最初から狂ったようなオンボロ・トラックは何だ。この故障したまま直そうともしない穀物貯蔵庫や工作機械の鉄屑《てつくず》の山は何だ。私は起きている間中、そんな悪態を心の中でつき続け、それが微《かす》かな疲労に繋がる時もあった。

しかし私にはほんとうはそんなことをいう資格はないのだった。私は単なる無責任な旅行者で、この国と、金や組織や政治の世界で係わったことがないのだ。もしほんとうにアフリカの国々と係わっている人がいたとしたら、昼の間中、その人はいらいらし続け「もう明日は必ずアフリカと手を切る。オレは必ず明日はパリに向かう飛行機に乗るぞ。そして金輪際アフリカには戻ってこないぞ」と思っても不思議はない、と感じていたのである。

しかしそのような男が一夜寝たあと、この朝を迎える時の心理もまた、私は小説家として手に取るように想像できた。

彼は私と同じように、茫然《ぼうぜん》と窓のところで立ち竦み、麻薬を飲んだように全身をこの朝のすがすがしさで包まれるであろう。この透明な瑞々しさに溢《あふ》れた清純な木々の香。この短い人生を祝福するような強烈で単純明快な朝の光。生の躍動に満ちた一刻一刻を刻む梢《こずえ》のそよぎ。人間の肺になど一度も入ったことがない無垢《むく》な空気の味。このとてつもない自由と不安を約束するような鋭い鳥の声。

これこそがアフリカなのだ！　これこそが人間の原点の輝き、青春の香だ！　とアフリカに深く係わった男は思い、今日アフリカを捨てて帰るはずだったことを忘れるのである。

しかしほんの、二、三時間後に焼けるような陽射《ひざ》しが高くなると、アフリカは再度あどけなく男を裏切る。すべては元の木阿弥《もくあみ》なのだ。悪路、埃、病魔、時間のだらしなさ、連絡不可能――放置、無関心、怠け、強欲、嘘《うそ》。そして常にそれに添えられたいささかの優しさと率直さ。

ここにいるシスターたちは、大雑把に言えば、私に年の近い人たちだった。日本にいれば、体の不調をあれこれと探し出し、お医者通いを仕事にしてもいい年頃である。しかしここではシスター・脇山《わきやま》も、シスター・大和《やまと》も、他のカナダ人のシスターたちも、全く年を感じさせない。お風呂《ふろ》なんか入ったことがなくても、醤油《しょうゆ》も味噌《みそ》もない生活をしていても、土地の人々が彼女たちを要求しているという事実が、彼女たちに現役の仕事をさせ続ける。幼稚園の子供は、連れて来られた時は人形のように押し黙っている。お遊戯にも反応を示さない。しかしまもなく字や絵をかいたり、食事の前に手を洗ったり、神さまに祈ったり、簡単な算数やアルファベットを習ったりする。教育という、アフリカを救うことのできるほとんど唯一《ゆいいつ》の訓練の始まりだ。

ライに泊まった翌日、私たちは、車でギダリに向かった。悪路を避けて廻り道をするので五十三キロある行程に、三時間半かかるのである。私たちが以前に買ったトヨタの小型トラック二台がまだ充分活躍していて、それに大司教が持っている車輛《しやりよう》も一台借りた。

車は悪路に無数にできている池のような水溜《た》まりを、半分水に浸《つ》かりながら行く。深い水深の水溜まりに入ると、私は思わず車の床から足を浮かせた。床から浸水するのではないかと恐れたのだが、車はどうやら悪路を知悉《ちしつ》したドライバーのおかげで、水の下の高い場所を選んで行くらしく、数メートルも高く泥水の飛沫《ひまつ》をあげるだけで、水に捕まりもせず乗り切って行く。日本の男性たちはトラックの荷台に乗るのも初めてだし、これだけの悪路になるとお尻《しり》の皮が剝《む》ける、という体験も初めてだった、という。

ギダリには、若くて元気なシスター・入江とシスター・平の二人と、お母さん役のシスター・三宅《みやけ》がいて、診療所と図書室を運営していた。図書室は私たちが六百万円を出して建てたものなのだが、富士図書室という名前で、この村の唯一の文化施設である。図書室に行けば電気があり、上級学校へ行きたいという向学心のある若者は、そこへ行って、本を借り、本を読む。昔はほんの数十冊しか本のなかった戸棚も、蔵書がだんだん増えて図書室らしくなっていた。シスターたちは図書係もおいて、本がなくなったり、汚れないように、厳密に管理していてくれる。

ちょうど診療所の前に来た時であった。

灰色の二頭の牛に引かせた牛車がゆっくりとやって来た。しかしそれはいわば「救急車」でやって来た入院患者なのであった。横たわっているのは老婆《ろうば》で、息子とその嫁か、付添いが二人ついている。

牛車の上に載せられているのは、病人だけではなかった。鍋《なべ》、袋、薪《まき》の束などが目につくところを見ると、自炊用具を持っての入院である。アフリカの多くの土地で、入院患者と刑務所の囚人には食事がでない。だから家族が差し入れるか、付き添って来て、煮炊《にた》きをしなければならない。

やがて別の患者もやって来た。今度は二頭の馬に乗った女性二人である。一頭には赤ん坊を抱いた若い妻、もう一頭には老女が乗っている。服装の感じから、イスラム教徒である。二頭の馬に付き添っているのは、若妻の夫、老女の息子という感じの人だった。一体誰が病人なのかよくわからない。赤ん坊が熱を出したのかと思っていると、女性二人が共に体の具合がよくないのだという。目蓋《まぶた》の裏が真白だから、貧血のせいでしょうとシスターは言うが、貧血というのは結果で、原因を検査する方法はない。診療所と言っても、それは診察室、分娩《ぶんべん》室、入院室を並べた小さな一棟の建物に過ぎないのである。

シスターによれば、イスラムの人たちは商売がうまくてお金を持っている人が多いから、薬も多少高いものを与えられる。しかし貧しいカトリックの人たちは、とても高い薬を買えないから、安い薬を処方する他はない。

私はそこで、来年から診療所のために、海外邦人宣教者活動援助後援会が少なくとも年間百万円は送るようにしましょう、という話をまとめたのであった。

帰りもまた凄《すさ》まじい悪路だった。車のうちの一台は、腹水が溜まって危険な状態に陥っている子供と家族を、ライまで運ぶことになった。途上国の特徴は、庶民の足となる公共の乗物が、極度に貧弱になるか、全くないか、どちらかであることである。だから私たちが車を買わなければ、シスターたちはほとんど動くこともできない。

私は日本を出る時、折りたたみ式のスコップ二梃《ちょう》と牽引《けんいん》用のワイヤーロープを備品として携行することを頼んだ。悪路に捕まった車はワイヤーロープがなければ、とても泥濘《でいねい》から引き出せないからであった。しかしシスターたちは私たちがワイヤーロープを持っている話を聞くと、「それ欲しい！」と子供のように叫んだ。そんな貴重品は現物もなく、買えるお金もないからであった。

その夜、ライの宿舎に夕闇が迫った時、私は食堂の軒の近くの暗闇の大地が、蠢《うごめ》いているように感じた。私はとっさに、ゴキブリが折り重なるほどに地面で動いているのだと感じた。私は背中に寒気を感じたが、思い切って懐中電灯の光を向けて見た。それは大型のゴキブリほどのサイズの蛙《かえる》が数百匹、灯の下に集まる虫を食べに出て来ていたのであった。

実は首都ヌジャメナの空港に着いた時、私は飛行機の窓にふりしきる白いものを見て、「あ、雪だ」と思った。しかしそんなばかなことはなかった。ここは北緯十二度に位置する南の国である。そこで私は素早く、白く降りしきるものは「蛾《が》だ」と意識の中で訂正した。モンゴルではウランバートルで柳絮《りゅうじょ》が雪のように舞っていた。柳絮ならいいが、蛾はどうも気持ちよくない。しかし飛行機を下りてすぐ、私はそれが小型のバッタの群であることを知った。

今また蛙の群を足下に見て、私は旧約聖書の『出エジプト記』を思い出していた。

頑迷な心を持ったファラオはモーセとその民がエジプトから去ることを許さない。その度に神は罰としてエジプトに災害を贈る。その中に出て来るのが蛙の増殖であり、イナゴの大発生であった。どちらもこの大陸では今でも自然に起きる自然現象なのであることが実感できたのである。

ライでは、私はシスターたちの家の隣にあるスペイン人の大司教の家に呼ばれた。大司教は着任まもなくで、この土地に何かしてやれることはないか、と熱心に模索していた。

この国は全く灌漑《かんがい》の仕組みができていない。約三カ月間雨が降ると九カ月間は全く降らない。しかし川は目の前で滔々と流れている。土地の正確な地図がないのだから何とも言えないが「できればわずかな高低を利用して小さなダムか池を作って、それを灌漑用水の調整池にすればいいんですね」と私は言った。するとシスターの一人は小声の日本語で「そんなこと、もう二十年も前から教えてるんですよ。でも誰もしようという気がないだけです」と教えてくれた。

（九九・十一・八、十二・六）

我らモンゴロイドの原産地

最近モンゴルに行った人が私の身の廻りに多い。知人が突然電話をかけて来た。

「今どこ？」と聞くと「モンゴル」と言う。一瞬「モンゴル」というレストランか喫茶店かと思ったが、ほんもののモンゴルだった。それほど電話がよく通じている。

別の知人は、モンゴルから知り合いの東京の蕎麦屋《そば》に電話を掛けた。

「悪いけど、ざる一つ持って来てくれる？」

「どちらへ？」

「モンゴル」

「ご冗談を」

とオコラレタという話も聞いた。それほど通話の状態がクリヤーである。というのもモンゴルは星がきれいで、そういう土地では衛星を利用した電話もよくかかるのだ、と科学に弱い私は納得している。

そのうちに、私にも思いがけなくモンゴルへ行く機会が巡って来た。機会を与えてくれたのは外務省だったが、本来の文化ミッションが出発する前に、私は日本財団の関係者二人と一足先にモンゴル入りした。ウランバートルにある経営管理大学の大学院生に対して、日本財団が設定した百万ドルの基金から奨学金が支給されている。その状態を調べる目的もあったのである。日本財団が資金を出したところには、必ず調査に入るということを私は原則にしたいと願っていたので、いい機会であった。

多分モンゴルは、日本と対極にある国だろう。こちらは漁業と農業の国、あちらは牧畜の国である。つまり日本は海に面した国で、モンゴルは内陸国である。しかし恥ずかしいことに、私はモンゴルの牧民の生活を想像することができなかった。中近東の乾燥した荒野にすむ遊牧民の生活には時折触れることがある。しかしアジアの牧民には接触したこともない。チンギス・ハーンとフビライが現代のモンゴルの中でどのような存在として生きているのかいないのかも想像つかなかった。

私はミッションの本隊が着くまでの間に、まず牧民のテントに泊まらせてもらえるかどうか検討してもらった。因《ちな》みにこうした放牧をしている人たちのことを、日本人の専門家たちは、中近東では遊牧民といい、モンゴルでは牧民という言い方をして分けているようにみえる。確かに彼らモンゴル人たちは「遊」牧はしていない。冬と夏とでは、気候条件が違うから、家畜を連れて留まる土地は違うらしいが、それでも居留する土地は決まっている。ほんとうは中近東でも、一つのオアシスの水の使用権を持つ部族はれっきとして制限されており、どこでも草地を見つけた人がそこで家畜に草を食べさせていいわけではないのだが、それでも印象としては遊牧という言葉が許されるほど、土地は広く草は少ないのかもしれない。

モンゴルではテントの家のことを、包《パオ》というのかと思っていたが、土地ではゲルという。ゲルは羊の毛を使ったフェルトで作り、馬の尻尾《しっぽ》の毛を縒《よ》り合わせた綱で風でまくれないように縛る。

私は比較的豊かな家庭と、比較的貧しい家庭と両方に泊めてもらえればいいなあ、と思っていたのだが、やや貧しい部類の家庭では受け入れてもらうのがなかなかむずかしそうだった。東洋人というのは、日本人を含めて心理的に屈折していて、私にもその気分が手に取るようにわかる。貧しい家庭では、客を泊めるのも経済的に苦しいのだが、私たちが食費や燃料費の実費を取ってくださいと言えば、今度は誇りがそんなことを許さないのだ。

結局私たちを受け入れてくれたのは、ダワフーさんという有名な馬の調教師の家だった。

モンゴルの草原の中で、目指すゲルを探すことは、外来者の私には奇跡のように感じられる。草原には道らしい道もない。もちろん番地もない。ゲルは特別なものを除いて、どこも同じ大きさだった。皆同じ「五ハナのゲル」という広さのもので、直径は約六メートルくらいのワンルーム。色も同じ白。目印は何もない。そのようなゲルの一軒がダワフーさんのお宅だった。

ゲルは四軒並んでいた。左端がダワフーさんのもの。次がモンゴルのインフラ大臣が自分の持ち馬を見に来る時に泊まるもの。残りは親戚《しんせき》筋に当たるのだろうか。

ゲルからぬうっと現れたご主人は、「ああこれこそ我らモンゴロイドの元祖・大親分」と思われる風貌《ふうぼう》である。頬骨高く、眼は小さく、デールと呼ばれるモンゴル独特のどてら風の長衣を着て帯を締め、威風堂々である。

ゲルには中央に煙突つきの暖炉がある。そこが奥さんの炊事の場所である。ここでミルクティー（スーテーツァイ）を沸かし、羊の料理をする。

ゲルはどこも入り口が南面しており、入って右側が主婦の席、突き当たりが主人の席、左側が客人の席だという。寝る時は必ず頭を北に向ける。ゲルを出る時は時計廻りに廻ってから退出する。

ゲルの壁には必ず数枚の小型の絨毯《じゅうたん》というか壁掛けのようなものが掛かっていた。ダワフーさんの家も、正面がチンギス・ハーン。左右のがカラコルム王宮の図だという。主人のダワフーさんはそのチンギス・ハーンの壁掛けの前にどっしりと坐《すわ》る。チンギス・ハーンの肖像なるものが故宮博物院に残っていてほんとうによかった、と私はしみじみ思う。

左右には自分のと奥さんのと、二つの銀の鞍《くら》が飾ってある。どちらも五千米ドル以上もしたという。お茶も馬乳酒も銀の盃《さかずき》で出す。全部銀だと熱くて持てないから、一部がアンズの根っこだかシベリア杉だかで作られている。銀を使うのは、毒殺を防ぐ必要のあった時代の名残だが、それにしてもダワフーさんの所には大小さまざまなサイズの銀の盃が二十個以上ある。お金持ちなのである。

買い物は県庁のある町まで二十日に一度くらい行く。水はもちろん家の近くにはない。日本人は水の近くに住みたがるが、たいていの遊牧民は、水が人の体によくないことを知っている。動物も水脈の上には住まないし、人間は水が近くにあると蚊に悩まされるのだ。水源までは遠くない、というが、どの程度遠くないのかはわからなかった。水は二日に一度くらい、今では自動車に水罐《かん》を積んで汲《く》みに行く。私は危うく、水源まで連れて行ってください、と言いそうになったが、ここのところダワフーさんの家は、「ナーダム」と呼ばれる年に一度のお祭りに持ち馬を出場させるので、その調教に最も忙しい時なのだ、と聞いて遠慮した。

ダワフーさんの父も有名な調教師だったし、彼自身も五歳の時から馬に乗ってこれで四十五年間馬と暮らしている。「ナーダム」に優勝した馬は今までに二十一頭。ストーブの傍には去年「ナーダム」で優勝した馬の尻尾がお呪《まじな》いのように吊《つ》り下げられているし、主人の座の後の鴨居《かもい》に当たるところには優勝メダルが数十個ぶら下がっている。

「ナーダム」は「遊ぶこと」という意味だそうで、普通、祭りというものが前夜祭、本祭り、後祭りとあるうちの後祭りに当たるものだった。社会主義政権下では、祭りは宗教的行事として圧迫されたが、この後祭りだけは民衆の娯楽として認められ、「ナーダム」だけがモンゴルの祭りのような印象を与えるようになった。日本の小渕《おぶち》総理は今回の中国訪問後、たった一日だけを当ててモンゴルを訪問されるが、それには「ナーダム」見学が含まれているという。

「ナーダム」に出場するのは二歳、三歳、四歳、五歳の馬、大人馬、種馬の種類に分かれているという。騎手がすべて子供であるのも大きな特徴だ。現実的に十二歳までいいのだが、とにかく体が軽くなければ優勝する可能性がないのだから、それくらいが限度なのである。騎手は女の子でも構わない。鞍はおいても裸馬でも構わない。距離は種類によって違うが、一番長いレースでは、五十数キロの長距離になるのもあるという。文字通り平原を駆け抜ける体力・耐久レースである。

羨《うらや》ましいのは、そうした男女平等の苛酷《かこく》な、危険もあるレースに、国を挙げて人々が熱中することである。それには社会主義時代の心理的な歴史もあるだろう。しかしモンゴルの人々は昔も今も、とにかく馬と共に暮らしているのだ。町方の人でも、暇があれば田舎に行って草原で馬を走らせたいと思う。

ヨーロッパにはよくフィリップという名前があるが、これは語源的にはイポス（馬）とフィリア（好きであること）という二つのギリシア語を合成したもので、つまり「馬好き」という意味である。モンゴルはまさに国中フィリップばかりである。四駆を運転しているドライバーも、道なき草原に入ると、ふと車が馬に思えるらしい。急に車を駆るという感じの運転を始めるからおかしなものだ。

ゲルの夜は、同行者によると、寒かったのだそうだ。というのは、私は小心の故《ゆえ》に用意がいいので、寝袋の中にホカロンを一個落とし、セーターも着込んだまま潜り込んだ。これで寝床の中は温かくて一人天国にいる思いなのである。ダワフーさんはTシャツにトランクス。奥さんは上着を脱ぐと上はランニング一つで布団《ふとん》に入ったのだから、私たち日本人の寒がりぶりは異常と言ってもいいだろう。

ダワフーさんには息子さんが二人いて、長男は仙台の学校でコンピューターを勉強している。次男も仙台の厩舎《きゅうしゃ》にいたことがある。この子が跡継ぎである。しかし次男は別のゲルに寝たようで、私たち日本人三人が、ダワフーさん夫婦といっしょのゲルに泊めてもらったのである。日本風に言うと絨毯を敷いた床の上に雑魚寝《ざこね》をするのである。

ダワフーさんの朝は、小雨の中を馬を集めに行くことから始まった。「おじさんは馬を見に行った」と同行者が教えてくれた。しかしこれは文字通り日本語の表現で、モンゴル語で「馬を見に行く」と言えば、野外にゆっくりとトイレをしに行くことである。

放牧してある馬に轡《くつわ》を掛けて繋《つな》ぎ止めるには、オールガと呼ばれる長い棹《さお》の先に輪のついたもので捕まえる。この棹を構えて走る男たちの姿がそのままモンゴルの魂を映した絵になっている。囲いの中に追い込んだ馬はまだ抵抗しようとしていて狭い入口からしきりに逃亡を企てるが、ダワフーさんが掌《てのひら》が指先まですっぽり隠れるほど裄《ゆき》の長いびろうどの上着の両手を大きく上げて立ちはだかると、馬はこの怪人のような大男にすっかり脅《おび》えて一隅に固まるのである。牧畜の世界には平等などない。牧民の仕事にも人間と馬の間にも、善良で健康な上下・力関係が秩序を作っている。

その朝、私はしばらくの間モンゴル馬の躍動的なみごとさに魅入られて過ごした。

馬は二本の柱の間に張り渡されたワイヤーに三メートルほどの間隔をおいて繋がれており、なぜか皆同じ方向を向いている。赤ちゃんの馬はほとんどが寝そべっている。私はしきりに馬の色をノートに取った。少しオーバーなおかしい表現だが、その時、寒風の中で震えながら筆記した時の印象のままだと次のようになる。

○たてがみと尾　金茶。胴体　焦《こ》げ茶。
○たてがみと尾　黒茶。胴体　いぶし銀茶斑《ふ》入り。
○たてがみと尾　白金茶。胴体　トースト色。
○たてがみ　シルバー・ゴールド（変な色の表現。しかし私にはそう見えたらしい）。
体　サーモンピンク系砂色。
○インフラ大臣の馬。体が薄茶。たてがみと尾が焦げ茶。色好みらしく、しきりに牝《めす》を追い回している。

モンゴルの馬の色には独特の豊かな表現がある、という。モンゴルでそれをいつか調べたいと思っている。種馬は必ずたてがみを長く、長髪の青年という感じで延ばしている。もともと尻尾は地面に引きずりそうなほど長い。何年か経《た》って、種馬がお役御免になると、たてがみは短く切り揃《そろ》えられる。社会主義時代には必ずたてがみを切って輸出していたが、今では飼い主の好みに従っているというのがおかしい。種馬は牝四十頭に一頭の割合がいいのだそうだ。

私たちは馬の乳搾《しぼ》りも見に行った。まず子馬にちょっと乳を吸わせる。それからさっと引き離して人間が乳を搾り続ける。騙《だま》してゴメンナサイというものだ。乳は必ず馬の左側から搾る。

私の同行者は、モンゴルくんだりまで「イリジウム」という名前の携帯電話を持って来た。普通の構造物の中からでは使えないが、ゲルの中からなら、楽に通じたのが印象的だった。ダワフーさんの仙台の息子が電話に出た時には、ダワフーさんは感激し、電話を切ると、息子が自分の馬をあなたにあげてくれ、と言っている、と言った。それで私は母馬一頭、その牡《おす》の子馬、他に牡二頭の四頭の馬をもらうことになった。もっとも馬はそのままダワフーさんの家においてあるわけだから、私は名誉馬主になったのである。

モンゴルのゲルの中から電話がかけられる時代になったということは、しかし必ずしも幸せをもたらすものでもない。同行した県庁のお役人で日本語の達者な通訳の娘さんも、たまたま日本に滞在中であった。電話は鳴っているのだが当人が出ない。父親の心配は電話をかけたばかりに発生したのである。

遊牧民のテントに泊まる時、私は顔も洗わず歯も磨かない。最近観光ゲルというものがあちこちに出来て、別棟には水洗トイレもシャワーもある。しかしそれはどうも邪道のような気がする。普通のゲルにはトイレなどない。排泄物《はいせつぶつ》はすぐさま猛烈な乾燥が、分解してきれいにしてくれるという。

しかしもし月のない夜だったら、私は夜ゲルの外へ出る度に二個の懐中電灯を用意しなければならない。一個は凹凸のある足元の大地を照らすために、もう一個は自分の出発したゲルを見失わないために。私はその知恵を、シナイの砂漠で自分の寝袋に戻れず、迷子になりかけた時に身につけた。

遮蔽物《しゃへいぶつ》のない戸外で排泄をし体も衣服も毎日は洗わない生活を、爽快《そうかい》で解放されたものと思うか、反対にたまらなく疲れることでむしろ束縛と感じるかどうかで、草原の暮しの印象は全く変わるだろう。私の知人はエジプトから引き上げる時、家族と共に地方出の子守の少女を連れて来た。その娘は東京の彼の家の狭い庭に毎日のように出て行ってはしゃがんでいた。畳一枚分くらいしかない狭い空間では出るものが出ないのである。

水もトイレット・ペーパーもない土地がもし徹底して乾いている中近東の荒野のよ

うな場所なら、人は排泄の後始末に石を使い、モンゴルのような草原では草を使うか、さもなければ何も使わないのだ、と言う。乾燥は明らかに清めの任務を果たしているのである。

モンゴル人は、何もかも狭い日本の暮しに驚くというが当然だろう。彼らが何より嫌いなのは、駅前地下街だという。窒息しそうな気がするという。星が見えない土地は、まともな大地ではないのである。

（九九・七・六）

インド再訪

私は再びインドへ行くことになった。

インドは、私が初めて訪れた外国であった。一九五六年、二十四歳の時である。

このけた外れに深い人生を見せる外国と初めて向き合ったことが、その後私が他の外国を比較的柔軟に受け入れる最初の素地を作ってくれた、と思う。ネルーが『インドの発見』の中でニーチェの言葉を引いてその偉大さを語っている個所は、まさにこのインドの本質を余すところなく伝えている。

「幾世紀の知恵ばかりではない——その狂気もまたわれわれの中で暴れ出すのだ」

しかし当時私はネルーも読んでいなかったから、つまり私は気楽にインドを好きになれたのだろう。とは言っても、この巨大な国は、いつも私に「群盲、象を撫《な》でる」という表現を思いださせる。インドについては何を語っても嘘《うそ》になる。そして同時に、何を語ってもそんなこともあり得るということになるのだ。

今回の旅行の目的は、二つであった。一つは私が勤めている日本財団が、インドで今までに援助をして来た幾つかのプロジェクトのうちの三個所の成果を確認することであった。もう一つは、私が二十八年間働いて来たNGOの海外邦人宣教者活動援助後援会が、インドで一つの学校を建て、その生徒のための寄宿舎を作った。この結果も確認する必要があった。その双方が、その後うまく使われているかどうかを見なければならない、と思ったのだ。海外邦人宣教者活動援助後援会の一メンバーとしても、財団の会長としても、であった。

インドの地名にはほんとうに苦労する。現地に行けばちょっとした町でも、私が持っている限りの一番大きな地図にもそんな町や村の名は記載されていない。海外邦人宣教者活動援助後援会は郵政省のボランティア貯金から資金を受けようと応募したことはないが、申請してみてもまず認可は下りないだろうと思う。第一の理由は、私たちが資金援助をしようと思っている対象の存在する村や町の名が地図に見当たらないからなのだ。地図にない町や村でこういう仕事をする、と言っても、日本のお役所は架空の事業ではないかと疑って認めないだろう。

私たちが今度訪れたのはケララ州ウェヤナド・ヒルス地方エチョーンにあるツディ。これはアラビア海に面したカリカットから車で約三時間の土地である。

次にカンナール地方のマトゥール。これもカリカットから四時間ほどの所。

最後がカルナタカ州のムンドゴッドという町。英語の綴《つづ》りはMUNDGODだが、私は初めムンドゴッドと発音し、その後、ムンゴッドかと思い、現地ではムンダゴッダという発音も耳にした。しかし間違いついでに、私の旧著『神さま、それをお望みですか』の表記の通りムンドゴッドで押し通すことにする。ここへは、ゴアから車で約五時間。日帰りはできない奥地である。

インドの地名は最近やたらに変わった。マドラスがチェンナイになり、ボンベイがムンバイになった。どうして変わったのですか？　と聞くと、昔の名前になったのだという。イギリス人は耳が悪いから、聞き違えてムンバイがボンベイになった、と彼らは言う。しかしチェンナイがマドラスになったのは聞き違えではないだろう。

カリカットに着いた時、大勢の人が言い合わせたように同じ大きさの荷物を下ろしていた。どれも一立方メートルはありそうなダンボールの箱だ。つまり日本風の風呂《ふろ》桶《おけ》くらいはある。宛名《あてな》はムハンマドがやたらに多い。どうして自分の荷物だとわかるのだ？　それと十リットル入りの水のポリタンクが二、三十個。

最初に会ったイエズス会のホセ神父に聞くと、湾岸でお金を稼いで来た人たちが故郷へ帰るに当たって、持ち帰った財産だと言う。ダンボールの中身は、衣服や家庭用電気製品などだという。ポリタンクには、メッカにたった一つある聖なる井戸の水が入っている。湾岸にいるうちに聖地巡礼も果たしたのだ。

ケララ州の名前のゆかりは、椰子《やし》。ケララは椰子のことだという。事実椰子の木がいたる所に生えている豊かな土地だ。バナナも多い。バナナの生える土地に飢餓はないのだ。

作物の豊かさは文化の程度も押し上げる。ここでは百パーセント近く文字が読める。子供たちのほとんどが五年生まで学校に通うのだ。インドの独立前には、「文盲率」は九十パーセントを超えていたはずだ。

豊かと言っても庭師の日給が四ドル。普通の労務者が二ドル。それで一家が暮らす。気質としては権利ばかり言って義務は疎《おろそ》かにする。ホワイトカラーの仕事ばかり欲しがって、高い教育を受けた者ほど失業率が高い、と神父はちょっと皮肉を言った。先生になるには日本のお金になおして三十万円ほど投資しなければならない。

今回私たちが接触するのは、すべてイエズス会の事業である。財団の事業の三個所に共通するのは、対象となる子供たちがすべてヒンドゥ社会の外側の人たちだということだ。

私たちはインドというと、ヒンドゥのカースト制度にばかり注意を奪われていた。すなわち、バラモン（僧族）、クシャトリヤ（武士）、ヴァイシャ（商人・農民）、シュードラ（職人・奴隷《どれい》）に分かれている階級制度である。紀元前二世紀から後二世紀の間に成立した『マヌの法典』で、カーストは生まれた時に決定されており、出世してもなんらかわらないことになっている。またカーストによって職業も決定されている。

ガンジーは分業制度としてのカーストにはかならずしも反対ではなかったが、四つのカーストの下に、アウトカーストとして差別を受けている多くの人たちに対しては、その差別撤廃のために、後半生を捧《ささ》げたわけである。ガンジーは次のように書いている。

「ヒンドゥ教のもろもろの欠点は、わたしには明らかすぎるほど明らかである。もしアウトカースト制がヒンドゥ教義の一部であるとすれば、それは腐敗した部分か、あるいは無用の長物というよりほかはない」

しかし私はアウトカーストよりも更にもう一段ひどく差別されている人たちのいる

ことをつい数年前まで知らなかった。それが部族《トライブ》と呼ばれている人たちで、彼らはヒンドゥ社会の全く外に追いやられている人々であった。つまりヒンドゥは町方の宗教だが、部族は村の宗教である。カーストはたとえアウトカーストでもそれなりの文化に組み込まれている、と見るべきなのだろうか。

しかしこのウェヤナド・ヒルス地方で言うと、クリチアと呼ばれる狩人《かりゅうど》の部族や、パニヤスと呼ばれる「かつて奴隷だった人《ワン・フー・ワズ・スレイヴ》」たちの部族は、森＝原始に追いやられた人たちなのだ。つまりいかなる文化や社会の仕組みからも追い出された人である。そしてイエズス会がこうした人間の作り出した幼稚な愚かさに発するいわれのない侮蔑《ぶべつ》から解き放とうとしているのは、完全にカーストから追放され、同時に人間性さえも失っていた全インド約一億人の部族の人たちのほんの一部なのである。

今でも世界には肌の色による差別が根強く残っている。しかし私たちはもうそのような概念を古臭いものとして信じてはいないのだ。（そうでなければ、最近の流行としてのヤマンバ化粧など考えられないだろう）

しかしここでは今でも肌の色による差別は強烈であると思われる。インド人はアーリア人とドラヴィダ人から出たと言われるが、この地方には三万六千人のネグロイドがいる。肌はかなり黒く、鼻は鼻梁《びりょう》がない。いわゆる原住民だといわれる。この地のイエズス会が部族の人たちの教育に手をつけたのは一九八九年であった。部族の人たちの心の中で最も強いものは劣等感であった。それに絶望感が加わっていた。恐怖が彼らの中で根強く巣くっていた。搾取《さくしゅ》される恐怖、騙《だま》される恐怖である。だから積極的に何をする理由づけも見出《みいだ》せない。勉強させようとしても、少しもしみ通らない。

神父たちは状況を充分に理解していた。勉強などする状態ではないのだ。家にいれば子供たちは、働け、ミルクを搾《しぼ》れ、鶏を飼え、と働くことばかりを強いられる。親たちは学校というものを全く観念として知らないので、子供をそこへ通わす意義を認められないのだ。勉強をさせるには、最低、それなりの環境が要る、と神父たちは考える。だから彼らが継続して勉強できるような、寄宿舎《ホステル》つきの学校を作りたい、と神父たちは計画する。

私たちに対する子供たちの歓迎はどこでも踊りである。私は別に成績ばかり気にする母親であったつもりもないが、踊ってばかりいないで、算数がどれくらいできるものか見せてもらいたいとも思う。しかし私たちが見せられるのはいつも踊りなのである。

しかしこれは日本人の小学生の学芸会とは、大きな違いがある、と神父たちは言う。彼らは人を恐れている。奴隷だった記憶は、人を見たら捕まると思え、と危険信号を発する。だから彼らは人影を見れば森へ逃げ隠れする習性が身についている。人の前に出て自己主張することなど、考えたこともない。

それが学校に来て、部族の踊りを披露することで、自分たちも部族の伝統を誇りにしてもいいのだ、と思うようになった。見物は、手を叩《たた》き、握手してくれ、衣装がきれいね、と褒めてくれる。名前も聞いてくれる。それだけで彼らは人間になる。

私たちはゴアでもまだ暗いうちに豪華ホテルを発《た》って、車で一日行程の旅に出た。ホテルの玄関を出ただけで、もうそこは違う世界だった。町は寝静まっているが、大戸を開けてあかあかと祭壇に灯を灯《とも》しているのは、カトリック教会だけだ。ミサが六時、或《あるい》いは六時半に始まるのである。

やがて信じられないほどおおらかな枝振りを巨大な傘のように拡《ひろ》げているレイントリーが、朝日の中に浮かび上がる。川が近いに違いない、と私は動物のように感じる。森はチークとカシューの木が多い。神父は幼い頃、カシューの木の下で遊んだ。クリケットを見に行くお金もなかったから、と神父は言う。

二時間ほど走って、朝飯を食べるところでトイレを使わせてもらおう、ということになる。ホテル・シーア・ラクシュミなんとか、という、ホテルというより道端の旅籠《はたご》屋と言いたい宿の前で車を止めると、神父は「トイレあるか」と尋ねる。ホテルのおやじは確信に満ちて首を横に振る。インドにはトイレのないホテルもあるのか、それとも外人には使えない、と気をきかせたのか。あと二十キロ行くとトイレのあるホテルがあるという。

案内は正確だった。トイレはインド式、というか日本式でもある。清潔で水がよく出る。

食堂は村の社交場になっている。プーリと呼ばれる揚げパンにサンバルというソースをつけて食べる朝飯は最高だ。それに甘いミルクティーを小さなコップでお代わりして飲んだ。四人分で二百五十円。一人六十円余の、それでもインドの社会では贅沢《ぜいたく》な朝食だ。

ムンドゴッドへ行く街道沿いに、子沢山の家としか思えない家があった。前庭で子供が十人近く遊んでいる。その普通の民家が、ホステルと呼ばれる一種の寄宿舎である。ここから子供たちは学校に通う。バスもないから、せいぜい片道六キロくらいのところにこうした拠点を作る。

ここには二十人の子供たちがいるはずだが、今は十四人だという。六人は親が仕事をさせるのに、むりやりに連れて行ってしまった。一番大きいのが七年生。ダシェラタもカンナダも女の子で僅《わず》か六歳である。

家は泥の家で十畳くらいの一間だけ。机も椅子《いす》もベッドもない。夜になるとマットを敷いて、皆が保母さんといっしょにくっつきあって寝る。後に細長い台所があってへっついには懐《なつ》かしい薪《まき》の匂《にお》いが漂う。こうした家には電気も水道も風呂場もトイレもないのだから、作るのはいとも簡単だ。

ここで暮らす子供のうちでは、定着の思想のない遊牧民のガウリ族の子供が一番多い。親が遊牧をしているのでは、子供は寄宿舎に預けない限り学校へやれないのだ。

シディ族は、アフリカから奴隷として連れて来られた人々の子孫である。肌はまさにブラック・アフリカのものだ。ちりちりの髪は一目でそれとわかる。今でもシディ族の子供は小心でなかなか前列に出て来ないという。

ついでに神父はアニミズムもヒンドゥに数える、と教えてくれた。

私たちは森の中のゴーラ族の家を訪ねた。家の前の部分は牛のいるところ。一番後に神さまの祀《まつ》ってある部屋がある。そこでは履物を脱ぐ。神父は、こうした村では、娘たちはもう十二歳くらいで結婚させられるのだ、と小声で言った。森の中では働くか、結婚するか、死ぬか、それ以外にすることがないのかもしれない。

ムンドゴッドに泊まった翌朝、神父は朝六時半からミサを立てた。たった六人だけ車座に椅子を置いた密《ひそ》やかなミサだった。三人が信者。三人はカトリックではない。蠟燭《ろうそく》は見慣れていたが、一人の男の信者がインドの秘儀のように線香を焚《た》こうとした。しかし長い棒はうまく立たなかった。すると神父はちょっと姿を消し、それから一個の熟れたトマトを持って来て、それに祈りにも似た煙を立てている線香を突き刺して立てた。

ミサの中で神父はタゴールの詩の一篇を歌った。私はまだその詩がどれなのか、見つけだしていない。しかし旧約の『詩篇』に対して、『ギタンジャリ』全体が、東洋の近代『詩篇』と言えるだろう。どれもが悲痛な祈りと叫びである。

「心が怖《おそ》れをいだかず、頭《こうべ》が毅然《きぜん》と高くたもたれているところ、
　知識が自由であるところ、

世界が 狭い国家の壁で ばらばらにひき裂かれていないところ、
言葉が 真理の深みから湧《わ》き出《い》づるところ、
たゆみない努力が 完成に向かって 両腕をさしのべるところ、
…………
そのような自由の天国《くに》へと、父よ、わが祖国を目覚ましめたまえ」

（二〇〇〇・三・八）

駝《だ》鳥《ちょう》現象

一九九九年九月四日付けの「ジャパン・タイムズ」に、「ワシントン・ポスト」の執筆グループの一人であるロバート・J・サミュエルソンの「論争的研究が駝鳥現象を引き起こした」という題のエッセイが載った。「駝鳥現象」というのは、「現実逃避現象」ということらしい。駝鳥は恐ろしいと逃げずに、頭を砂の中に隠して動かなくなるのだそうだが、その場合でも大きなお尻《しり》の羽毛は少しも隠されていない、というわけである。

シカゴ大学のエコノミスト、スティーヴン・レヴィットと、スタンフォード大学の法律学教授、ジョン・ダナヒューの共同研究は、一九九一年以来のアメリカの犯罪率の低下の理由の半ばは、最高裁における一九七三年の中絶の合法化の結果だとしているのだという。

「それはほんとうだろうか。私たちは誰にもわからないだろう。犯罪の減少は一九九〇年代の大きなミステリーだ」

とサミュエルソンは言う。

以下サミュエルソンの論旨を、へたな「超訳」的に紹介することにしたい。

一九九〇年代に、アメリカの殺人は三十一パーセント、暴力的な犯罪(レイプ、暴行、強盗など)は十九パーセント減った。二人の学者は、中絶がその理由ではないか、と考えているというのである。もちろんこの二人は、自分たちの研究は犯罪を理解するためであって、決して中絶を勧めているのではない、とも言っている。

「四例の妊娠のうち、約一件が中絶されているという現実を人々は知らないのだ」とレヴィットは言う。マスコミもそれほど大きく、この問題について紙面を割こうとはしていない。こういう鈍感な反応は、中絶に関する激しい論争があったことを物語る。どちらの側も、現象を遺憾なものと思っているのだ。

もしも我々が中絶を殺人と考えているなら、それを犯罪を防ぐための知恵とするのは乱暴な言い方だ。サミュエルソンは一つの計算を試みる。一九九一年から一九九七年の間に殺人の被害者は年間六千五百人も減って、年間二万四千七百人もあったのが一万八千二百人になった。このこと自体はめでたしめでたしである。しかしその代わり中絶は年間百万人を超えた。

しかし中絶擁護派もこの問題に深入りしたがらない。彼らは中絶を女性の権利という立場から考えているので、犯罪者や無能な人間を減らすための、社会的な、そして人種的な問題をも含んだ規制とは考えないからだ。しかし現実にはブラックと他の少数民族グループが中絶の四十パーセントを占めている。

レヴィットとダナヒューの研究は、中絶だけが犯罪の減少の理由だとは言っていない。この研究は犯罪率低下の原因の半ばは、犯罪者が檻《おり》の中に入ったからだ、としている。一九八七年から一九九七年までの十年間に、刑務所に収監されている受刑者は倍増して、百七十万人に達した。それにもかかわらず、中絶も、状況証拠的であろうとも、一つの強力な役割を果たしていると述べている。

第一に犯罪の減少は、中絶合法化以来二十年近く経《た》った一九九二年から始まっている。これは犯罪多発年代である十八歳から二十四歳の若者たちの出生年代と重なるのである。

第二に、アラスカ、カリフォルニア、ニューヨーク、ハワイ、ワシントンの五つの州は最高裁の裁定以前に中絶を合法化しているが、これらの州においては他の州よりも早く一部の犯罪率の低下の現象が現れた。

第三に、一九七〇年代の半ばにおいて中絶率の高かった州では、他の要素（警察、収監者数、貧困、失業者、などの要素）を考慮しても、犯罪ははっきり減って来たというのである。

確かに親から望まれない子供は、親からも無視されるだろうし、貧しく、教育程度の低い家庭の子供たちは、犯罪者になりやすいだろう。しかしもし中絶が、犯罪を減らすことになるならば、それは他の社会的な面で重要な結果をもたらすだろう。その結果の一つとして、就職の機会が増えるということもあるかもしれないし、社会福祉が向上することになるかもしれない。しかし中絶と犯罪との関係が、統計上の偶然の一致であるならば、それから引き出された因果関係は、あやしいものだということになる。

こういった事情も考えられる。誰もが認めるところだろうが、クラックやコカインの流行が、都市の内外で激しい抗争を巻き起こした。一九九〇年代の中頃までには、恐らくは逮捕者が増えた結果として、殺人が減り、ナワバリ争いの解決をもたらした。そしてこれが犯罪が減少したことの説明になるかもしれないのである。

ダナヒューとレヴィットの理論によると、一九九〇年代の初期に、若年犯罪率が低下したと言うが、しかしそれは次のような事実と矛盾する。すなわち、十代の殺人犯逮捕率は一九九〇年代の中頃までは増加しているし、麻薬関係の逮捕者も増えている。中絶合法化は、家族崩壊に寄与することによって犯罪を増加させているかもしれない。

一九九六年の或《あ》る研究によると、二人のエコノミストが、中絶と避妊が片親の家庭を爆発的に増やす原因になった、としている。男性は自分が生ませた子供に対してあまり責任を感じなくなった。なぜならば女性が避妊することも中絶することも可能になったからなのだ。「できちゃった」婚は、事実上、存在しなくなったのである。

要するに、我々は今、ほんとうのところがわかっていない。ダナヒューとレヴィットの研究が正しいにしても、中絶論争は依然として道徳的な意味を持っている。望まなければ子供を持たないようにする道は、禁欲、受胎調節、など他にもあるのだ。

しかし、中絶が社会的な重要性を持たないという考えは疑わしい。我々が現実を見ようとしない限り、実態はわからないのだ。問題は、人間というものが、往々にして、知るのが嫌なものは知ろうとしないということだ。

以上がサミュエルソンのエッセイの概略である。

何が「駝鳥現象」なのか。

もし中絶と犯罪の減少が関係あるとすれば、これは結果的に社会規制をしたからだ、とも見なすことができるだろう。つまり中絶するのはどうせ犯罪者や無能力者たちなのだろうし、また或る種の人種の人たちが多かろう、という差別的判断とも繋《つな》がって来る。そこには、今や日本では全く使われもせず、触れようともされない「淘汰《とうた》」という考えとその結果の存在が暗示されている。平たい言葉で言えば、ロクデナシは子供を作らない方が社会がよくなる、という考え方が、まだ人間社会の一部にはれっきとして残っているということだ。そして考えなければならないのは、こうした考え方がアメリカでは、堂々と論議の対象になりうる、ということである。中絶が女性の権利であるとする人たちは、そういう残酷な社会的な繋がりの可能性を、むしろ見ようとしないということなのだ。これが現実逃避的な駝鳥の姿勢を示す現象だとサミュエルソンは言うのである。

日本の現代の持つ危険性は、少しでも悪、戦争、憎悪《ぞうお》、非人道、階級意識、差別などというものと関係のある命題や思想には、触れてもならない、考えるのも悪い奴《やつ》だ、ましてや研究するなど何事だ、とする空気があることだ。本当はそうしたことこそ、正視し、分析し、論議しなければならないことだろう。

しかし外国の新聞は必ずしもそうではない。九月一日付けのシンガポールの「ザ・ストレイツ・タイムス」は、ロイター電として、アメリカで開かれたナショナル・エイズ予防会議の内容を伝えている。それによると、昨年一年間にアメリカでは一万七千四十七人がエイズで死んだ。それは前年のエイズによる死亡者数を、二十パーセント下廻ったというのだから、希望は見えて来たわけだ。

アメリカ疾病《しっぺい》対策センターの統計によると、エイズ死亡者はあらゆる人種において減少している。しかしそれにもかかわらず、統計は、この死者たちの内訳は、八千三百十六人がブラック、五千四百三十六人が白人、三千百十四人がヒスパニック系であることを公表している。そしてそれぞれの人種をアメリカの人口のパーセンテージに直して計算すると、ブラックのエイズによる死は、白人の十倍に達するというのである。

もし問題を解決しようとするなら、われわれはまずすべての事象を正視することだ。それを妨げているのは、すべての個人は同じ能力を持つ、という信仰と、すべての現象はまず道徳的に取り上げ、しかもいいことか悪いことかの黒白をつけねばならない、という幼稚な正義感である。

人は同じような状況を与えられても、決して同じ結果を生まない。仲の悪い夫婦の間に生まれた子供は犯罪を犯しやすい、という前提があり、犯罪を犯した若者はしばしばそれを歪《ゆが》んだ家庭のせいにするが、私のようにいびつな家庭に育った体験者は、それがいかに一面の真理でしかないかということを知っている。Aにとっての真実は、Bにとっての真実には、必ずしもなりえないのだ。しかしだからと言ってBは、Aが全く虚偽の理由づけをしているとも言えない。

人間というものは個体によって薬の効きが違うように、反応もまちまちなのだ。突然変異ということもある。日本風に言うと、「トビがタカを生んだ」のは稀《まれ》なことなのだから、一般的に言ってトビには子供を生まさない方がいい、とするのも危険だし、多くの場合「ウリの蔓《つる》にナスビはならない」という平凡な現実も、我々は笑って認めねばならない。

その双方が真実なのだ。真実の反対がまた、真実なのだ。そのまことに困った当惑や疑問や矛盾をそのままにできうることが、むしろ人間の精神の幅や厚みであり、勇気というものなのだろうと思う。

遺伝子に関する研究は、再び優生保護的な思想を助長するだろう。しかしどのような人間が生きるに価《あたい》するかなどということを、人間の叡知《えいち》はまだ見極められているとはとうてい思えないし、将来も見極められるとは、私は思えないのである。

だから命は、与えられた瞬間から、価値評価なしに、大切に受け入れて育てることしか人間の使命はないと思われる。

サミュエルソンのエッセイなどを読んでいると、振り返って近頃の日本人の論調が往々にして歯切れがよくなり過ぎていることが少しばかりうっとうしく感じられる時がある。

人間は今も昔も、自分についても他人についても、それほどよくわかってはいないのである。いいだけのこともないし、悪いだけのこともないのだ。答えは出なくて当たり前、というものも多い。便利になり過ぎれば、真実の見えなくなる危険も伴う。間口を拡《ひろ》げれば手が廻らなくなる。そのあやふやさや矛盾を、世間が気付かないところに、現代の単純さともろさを恐ろしく感じるのである。

その一つに、熱狂的なパソコンに対する信仰などもあるだろう。

私はもうかれこれ十五年以上ワープロで小説を書いているので、手書きの原稿に不便を感じるようになっているのだが、だからと言って、すべての人にワープロを使えというようなことは言おうとは思ったこともない。書く量は多ければいいというものでもない。要するに人にはそれぞれ自分の体質があるのだ。

もちろん個人的生活の範囲で、今までは百科事典だの、図書館だの、新聞の切り抜きだの、区のお知らせなどに頼っていた知識が、たちどころに手に入る方途が悪いわけはない。しかし知識の量は、私の仕事に必要な創造性の質や量とほとんど無関係であり、人とは多く付き合えばいいというものではない、ということを理解しない人が増えて来たこともまた事実なのである。

人はインターネットだのホーム・ページだのEメイルだので、多くのことを教えられ、多くの人と知り合える、ということで浮かれている。しかし最近ホーム・ページで、一方的に社会から抹殺されかかる人のケースはどんどん増えて来た。この現象は今にますます盛んになり、Eメイルは喧嘩《けんか》、告発、要求の手段と化し、ホーム・ページはリンチの場となる現象はさらに増えるだろう。

私などは人と付き合うことが生来恐ろしかったから、社交をしなくてもいい作家になった。今でも文通やパーティーが苦手だから、ホーム・ページだのEメイルなど悪夢に近い。たくさんの人に連絡して来られたら、黙殺して消去するか、おざなりの返事をするか、どちらかの非礼を犯さない限り、どうしてアクセスして来た夥《おびただ》しい数の人に返答できるのだろう。しかも人との交流などに多くの時間を費やしていたら、私の専門的な勉強や執筆の時間は、確実になくなるのである。

実物の私は通俗的物質的なところも充分すぎるほどあって、凡《およ》そ仙人や隠遁者《いんとんしゃ》の暮らしとは正反対の生き方をしているが、対人関係や理想の生き方を思う時、オドロクナカレ、私は徹底した仙人と隠遁者の趣味なのである。こういう身勝手な気分もあるのだ。

私の今の生活で必要なのは、どれだけ早くたくさんの情報を得るか、ということではなく、どうしたら私にとって不要な情報の流入を防げるか、なのである。不必要な情報が一方的に伝達されることは暴力に近い。私の頭の処理能力と、一日が二十四時間しかないという絶対の条件下の制限を思うと、私にとって意味のある情報というものは、実はそれほど多くはない。それも単なる知識ではなく、私にとって非常に特殊な意味のあるものだけに限りたい、と思うと、情報はたくさんあればあるほど取捨選択に無駄な時間がかかるのだから、何とかしてそのような人生の無駄を避けなければならない、と思うのである。

どの作家にとっても、創造的な世界などというものは、広い知識だけでは不充分だ。狭くてもいいから奈落《ならく》のように深い知識の方が必要なはずである。譬喩《ひゆ》的表現になるが、それには世界でたった一冊しかない本をまず探し出し、その中から、私独特の嗅《きゅう》覚《かく》と才覚で使える内容を資料として嗅《か》ぎ出す、という作業である。

しかしインターネットの時代を見られたことは、私にとっておもしろい眺めである。生きているものは、すべて流動的だから、やってみなくてはわからないところがある。コンピューターによって社会の仕組みや機能が飛躍的に速度も範囲も拡がったのは事実だが、それが直ちに人間の叡知になると考えるのは早計だろう。インターネットというものは、自発的に「組み込まれること」「繋げること」でもあるが、それが果たしてどういう結果になるか、見物するのも二十一世紀的楽しみである。

（九九・九・六）

現実

八月末から九月初めに、約十八日間行われた、ブラジル、ボリビア、ペルーの旅で、私は再び「現実」に出会った。日本でも「現実」がないわけではない。殊《こと》に個人が内面で遭遇している「現実」は、他人に説明できないほどそれぞれに重い。しかし途上国に行くと、日本人が一般的に遭遇している「現実」を、私は正直に言って色褪《いろあ》せたものと感じる時がある。その感覚が理性的で正しいと思っているのではない。作家などというものは……いや、私は……ゆがみ、甘さ、悪意、思い込み、無知、思考の短絡を利用して生きて仕事をして来た面がある。それを承知で私の出会った「現実」を記録しようと思うのだ。

ブラジルでは、アフリカのように猛獣に襲われた話はあまり出ない。しかしアナコンダと呼ばれる大蛇に呑《の》まれた人の写真が出ている新聞の記事の切り抜きを見せてもらった。この蛇は全長四～九メートル、アマゾン河流域の水辺に棲《す》むという。

ポルトガル語は読めないから、説明を聞いただけだが、この事故は次のようにして起きた。呑まれたのは釣りに行ったインディオである。インディオのことを土地の人はインジオというふうに発音している。

釣り師の友達か家族かは、その日彼がいつまで経《た》っても帰ってこないので、探しに出た。すると特徴のある蛇のうろこ型の痕跡《こんせき》が泥の上に残っていた。その跡を辿《たど》って行ってみると、異様にふくらんだ腹をしたアナコンダがいた。

写真では蛇は頭から人を呑み、男の下半身はまだ衣服もそのままに形骸《けいがい》を留めていた。呑みかけだったのか、呑んだ直後だから、裂いた腹から着衣そのままの人間の下半身が出て来たのかはわからない。アナコンダは牛をも呑む、というから、人間を呑むくらい簡単なことなのだろう。

呑まれる瞬間、こういう人は、何を考えるのか、と私は空想する。病気ではないのだから、飛行機事故で死ぬ人と同じくらい、正気で呑まれるわけだ。もっとも、蛇は餌《えさ》の動物をまず絞め殺してから呑む、いや、絞め殺しながら呑む、という説もあるから、蛇の腹の中に入る時には、もはや呼吸も停止していて、意識はないと考えるのが普通だろう。

日本人は、こういう自然との戦いに負けて死んだ人の話を聞く経験がほとんどない。

熊《くま》に襲われて死ぬ人はないわけではないが数は多くないし、山で滑落したり雪崩《なだれ》に遇《あ》ったりして死ぬ人、ヨットで遭難する人は、初めからそうした状況が起こり得ることを承認した人たちだけであって、平凡な都市や町や村の生活しかしていない市民には、そんなことは起きっこない、と信じている。都市や町の生活者が非合理に死ぬのは、飛行機、電車、自動車など、或《あ》るいは工事現場の落下物など人工的に作られた対象物に人間の肉体がぶち当たる時だけだ、という考え方である。

その家は、アマゾン中流のマナウスの郊外にあった。アマゾンの本流か支流かどちらかわからないが、河は近くにあるはずなのだが、庭からは見えない。やや大きめの極く普通の造りの平屋に見えた。軒先が通路になっていて、そこから各室に入るようになっているところを見ると、やはり特別な止宿人を何人も入れる目的で建てられた家なのかもしれない。

そこにやや太り気味の初老の、サングラスをかけた婦人が二人坐《すわ》っていた。それだけならば、気の合う者同士が午後のおしゃべりをしている光景だと思ったろう。しかし彼女たち二人の手は、すりこぎの先端を見るように、指が全部落ちていたのである。

二人はハンセン病の元患者であった。現在この病気はすぐ完全に治り、何の後遺症も残さない治療しがいのある病気だということになっている。しかし昔発病した人たちは、手当ての方法がないままに何十年もの年月を過ごした。その間に第二次災害的に残ってしまった変形は、失明といい、指の欠損といい、治しようがない気の毒な痕跡を残している。彼女たち二人はもちろんもう高齢だが、たとえ若くてもこれだけの病変が残ると働きたくても働きようがないことは、どこの国でも同じだろう。

この婦人たちはいずれもまだ子供の時発病し、その時代には治療方法は全くなかった。ここは個人の家ではなくそうした元患者の婦人たちを集めて住まわせている施設なのである。

彼女たちはいずれも、病気とわかってから、アマゾン河を船でこの村まで連れてこられ、そこで「棄《す》てられた」のであった。親や姉妹兄弟たちもそれ以来、決して訪ねても来ないし、便りを寄越すこともなかった。一人は子供を生んでいたが、その息子は産後すぐ養子に出されて、そのまま行方もわからない。

今、彼女たちは月百五十一レアル（約九千円）という国の決めた最低賃金と同じ額をもらって生きている。以前はこうした生活保障のようなものもなかったが、その代わり電気も水もただだった。しかし今は九千円の中から払わねばならない。だから毎日食べるのは二食、米と豆の煮たものだけ。着替えを買うお金もない。風邪をひいた時には、つけで薬屋から薬をもらって来てなんとか急場をしのいでいる。部屋の中から、もう一人の、やはり視力が冒されているように見える婦人が現れたが、この人だけは、息子が医療関係で働いていて時々会いに来てくれる、という。

彼女は幸運にも、お産の時赤ん坊を取り上げたお産婆《さんば》さんとその後に再会した。当時ハンセン病患者は子供を生むとすぐに養子に出さねばならなかったのだ。しかし昔のお産婆さんと出会えたおかげで、彼女は一度も腕に抱けなかった息子の消息を知ることができた。

多くの子供たちは、母親が不自由な身体《からだ》で生きていると、所在がわかっても寄りつかない。子供の方にしてみたら、自分を育ててくれなかった母、という気持ちもあるのかもしれない。しかし彼女の息子は親孝行だった。母親の居所を知ってから、彼は時々母親を訪ねて来るようになった。

その話を聞いたとたん、私の胸に浮かんだのは、その幸せもまた辛《つら》いものだろうな、ということだった。同じ屋根の下に住んでいるほとんどすべての人が、棄てられたまま、生きて再び両親、兄弟、姉妹の顔を見たことがない人たちである。その中にあって、実の息子が時々訪ねてくれるという特別の幸運を自分だけが得ていたら、私は却《かえ》って辛い思いをするだろう、ということである。もし私にだけ息子が訪ねて来るようになったら、私は面会の度に、そそくさと家を抜け出し、同居の女性たちに見つからないようにどこか離れた場所で会うかもしれない。

私はこの女性に尋ねた。

「ご自分の所にだけ、息子さんが訪ねて来ることが、他の人には気の毒だと思いますか？」

通訳を介しての話だから、正確な答えを得ることはむずかしいだろう。しかしこの婦人は、全くそういうことを考えたこともないようだった。自分の幸運は自分のもの。他人のことは他人のことで、私からそんな質問を受けても、理由がわからないようだった。

「ご主人はどういう方でした？」

仕方なく私は話題を変えた。

「夫はペルー人で、ゴムの採集の仕事をしていました。しかし私を棄てて、別の女と出て行きました」

「今でもその女性といっしょに暮らしているのですか？」

「いいえ、夫は東へ行く途中で殺されたんです。その時いっしょにいた女が、別の男に殺させたんだと思います」

淡々とした口調である。こういう事件の話は、私は日本では新聞記事で読んだことはあっても、当事者から聞いたことはない。

その時もう一人奥の部屋から、オレンジ色のシャツを着た黒髪の背の低い女性が出て来た。神父の言葉や表情によると、彼女はこの集合住宅の世話係のような存在に見えたが、彼女も元患者なのであった。

この人はマリアさんと言い、六十七歳で、病気が出たのは六歳の時であった。父も病気だった。三人姉妹のうちの妹の一人も病気だったらしく、「山に棄てられて死んだ」と彼女は言った。彼女もまたカヌーに乗せられてここに来て、そして二度と家族に会っていなかった。

しかし彼女は、自分を不幸だと思ったことがない、と語った。

毎朝眼を覚ますと、彼女はまず生きていることを神に感謝する。それから他の人たちと違って自分の眼が見えること、ものを考えられること、を幸福に思う。それほど、ここにいる女性たちは、体に欠陥の残った人がほとんどなのだろう。しかも長年、社会の「お恵みを受けて暮らす」隠遁《いんとん》生活の中では、精神までまっとうさを失ってしぼんでしまい、もはや利己主義でしかものを考えられなくなっている人が多いのかもしれない。

「ものを考えられること」を彼女は「インテリジェンスを持っている」と表現した、と通訳の人は言った。人が幸福になる道は、失ったものやないものを数えず、残っているものを喜ぶことなのだが、この女性はまさにその小さな幸福の秘訣《ひけつ》を知っていたのである。

その家のソファに坐ったほんの数十分の間に、私はおみやげをもらった。体中を家ダニに刺されたのである。数週間たっても執拗《しつよう》な痒《かゆ》さはなおらず、その度に私はその婦人たちの家を思い出した。

ブラジルで、私たちは初めて「侵入区」という単語を耳にした。要するに勝手に他人の土地を占拠したものである。私たちが侵入区を訪ねる時、案内のためにバスに乗り込んで来た若い男性は、「住民に土地を収得させるために闘っています」と挨拶《あいさつ》した。そういう住民とは、家賃を払えないと、その場で家具を放り出されたような人々なのだ、という。

どちらもどちらなのだ。

ブラジルで、広大な農場の持ち主になったら、私兵に近い武力でも保有して、私有地を自力で守る他はないのだろうか。なぜなら、土地を持たない人々は、政治家に唆《そそのか》されて土地の占拠をすることを、階級の正義の戦いだと思うことはあっても、先進国的な遵法《じゅんぽう》精神から見れば無法行為だなどとは全く考えないのである。だから選挙の度に多くの人々が、侵入区にやって来て、一晩のうちに掘っ建て小屋を建て、なぜかそこに国旗を揚げ（国旗のこういう使い方もあるのだ）住民連合が仮の土地の権利書を発行する。共同水道はあるが、電気は皆盗電する。電信柱からは、てんでに引っ張られた電線が、素人《しろうと》が「工事」をしたので、勝手気ままに垂れ下がり、私たちのバスが通る時には、皆が不安気に首をすくめている。時には、外へ一人見張りを立てて、バスの背中がこの盗電用電線を引きちぎらないか見ていなければならない。

もちろん舗装のない、ひどい急坂を下った所に一軒の家があった。二十七歳になるヴァウジネーアさんの家である。

この人にはちゃんと夫がいた。今日は留守だという夫は三十一歳で、いつも仕事を探しているが、なかなか見つからない。時々半端《はんぱ》仕事をして少し金を持って来るだけである。足りないところは、カトリックのシスターたちがミルク、米、粉、豆、ジャラキという安い魚などを届けてくれてそれで生きている。

ブラジルでは子供たちの父という人が「いない」母子家庭が実に多い。正式に教会で結婚式を挙げた夫か、ただの男女関係だった相手なのかはわからないが、別れた、出て行ったまま行方がしれない、最初からよく知らない、失業中で職探しに行っている、などの理由で、とにかく家の中に、その存在の影が感じられない家庭が多いのである。

ヴァウジネーアさんはすでに七人の子持ちだった。今またお腹《なか》が大きい。家は仕切りもない二間で、そのうちの一間がつまり台所なのだが、スラムでは台所だろうとどこだろうと平面があれば子供たちが寝るのだから、考えを変えると、家中寝室である。

屋根は波板トタン、天井にはビニールが張ってあったような気がする。プロパンを使ったガスコンロ、テレビ、冷蔵庫も一応あるが、一斉に盗電している村に充分な電圧があるとは思えないから、あまり冷えないだろう、と思われる。他には手鏡、水甕《びん》十本、圧力鍋《なべ》、戸棚、バケツなどが家財道具である。そしてどこからともなく漂って来るおしっこの臭《にお》いが生活を偲《しの》ばせる。トイレは外に別にあるのだから、匂いの発生源は家の中なのである。

子供たちは誰も学校に行っていなかった。理由は幾つもある。

学校が遠い。と言ったってアジアや昔の日本にはもっともっと遠い距離を学校に通っていた子供がいる。つまり意欲がないというか、学校に行くということの意味が両親に理解できないのである。学校へ行かなくても、ほとんど何も困らない。家を建てることも、縫い物をすることも、買い物も、子育ても、セックスも……。

学校は三部制なので、夕方からの部に割り当てられると、途中でガレラ（チンピラ）が出て、何をされるかわかったものではないから、危なくて出せない、という理由もある。そういう形で女の子が被害に遭うケースは実に多いのだ。そして学校はとにかく十一歳を過ぎた子は、もう引き受けない。理由は、教室が小さいので、できるだけ締め出したいのである。だから子供は、坂の上の方にある共同水道まで水汲《く》みに行くか、その辺で一日中ぶらぶら遊んでいる。

ヴァウジネーアさんの七人の子供たちのうちに、一人全く立てない男の子がいた。同行のドクターに「何の病気ですか？」と聞くと、小児麻痺《まひ》だろう、という。ワクチンも呑《の》ませていなかったのか。

もう一軒、近くの「侵入区」にある家を訪ねた。この家に住むアロイジアさんはもう六十過ぎで、一間だけの「建てかけ」と見える家に年老いた夫と、十歳前後の二人の男の孫と暮らしていた。おじいさんが日系だったというせいか、時々日本人の表情、時々インディオの顔つきになるのを、私はびっくりして眺めていた。

アロイジアさんは、娘に二人の孫を生ませた「高橋」を探してくれ、と言うが、娘は今、鹿児島県出身の男性と結婚して日本に出稼ぎに行っている。婿《むこ》は自動車の組み立て工場、娘は食堂で働いているというが、二人はどうも日本での生活を楽しんでいるらしく、約束の期日が来ても帰る気配がないらしい。こうして別の形で、再び置き忘れられた人たちが出るようになったのである。

日本に帰って来て間もなく、私はブラジルのアマゾン河中流の町マナウスで、旅行中の私たちの世話をしてくださったイエズス会士の堀江《ほりえ》節郎《せつろう》神父からの長いファックスを受け取った。どれだけこちらからお礼を言っても言い足りないほどなのに、神父の手紙の方が礼状のような文面だったので、私は恐縮してしまった。

昔は世界の果てみたいに思われていたマナウスも、今では「アマゾンを見るために」世界一周の豪華客船も立ち寄るほどの観光都市になっている。しかしそれは河に面した極く限られた地区だけの顔である。周辺の村々はまだ、取り残されたように貧しい。

堀江神父は教区の仕事をしながら、周辺の貧しい生活者たちのために、どこにでも出向いてできる限りの手助けをしていた。神父たちが住んでいる質素な「普通の民家」を使った修道院で、私たちは持参した材料で自炊をしてカレー・パーティーを開いたのだが、その晩、私たちが心の問題を話し合えたことを神父は非常に喜んでくれた。今の時代、日本では、なぜ人は生きるのか、どう生きたら最も生きるに値するのか、などということを日常生活の中で、ほとんど語り合わなくなっている。神父は中でも同行の新聞記者の一人が真っ向からこの問題を率直に聞いてくれたことを幸福に感じていた。私流に要約して言えば、「神父さんはどうしてこんな遠い土地でことさらに貧しい人たちと暮らしているんですか」という質問だったと記憶する。神父はそのような質問をしてくれただけでも、その人の誠実を感じていた。今の人々は他人のしていることに関心を持たないから、その意味を知りたいとも思わず、もちろん質問もしないのである。関心を持つということはそれだけで「愛」の初めだというのに。

私たちはその前に神父の居室を見せてもらった。以前ジョアン・ペソアというブラジルの最東端の町に住んでいた頃の神父は、自分一人の居室もなかった。神学生たちといっしょの狭い部屋に、しかも神父だけはベッドもなくござのようなものを敷いて寝ていた。

今神父は一・六メートル×三メートルの個室を持っていた。そんな小さな部屋を見た眼には広く使えるのは、ベッドを置かず、この土地の人たちと同じようにハンモックを使っているからだろう。ハンモックは昼になれば畳んで小さくしまえる。アマゾン河を行く船旅のデッキ・パッセンジャーたちは皆甲板の上に持参のハンモックを吊《つ》るしている。柱にそのためのフックがちゃんとついているのである。甲板にいっせいに色とりどりのハンモックが吊られている光景は、旅情というより生活の絵であった。

神父はその居室の、ガラスもない小さな窓の眺めを愛していた。バナナの木が一本。後は、何ということもない木が数本見えた。しかしその窓は、この世の恩寵《おんちょう》のすべてを取り込む。日の温《ぬく》もり、月光、さわやかにそよぐ微風、梢《こずえ》の若葉、もちろん鳥も囀《さえず》り花も香る。生のきざしに溢《あふ》れたすばらしい生きた絵画である。その小部屋に、自分の机も書棚もある。書棚には聖書研究に必要な本が揃《そろ》えられている。それだけの暮しはすべて満ち足りていて贅沢《ぜいたく》だ、と神父は言った。

この部屋を見た時、この新聞記者の胸に、「あなたはどうしてこういう生活を選んだのですか」という誠実な質問も生まれたのだ。

その家で、私はマウリシオという二十七歳になったばかりの医師とも再会した。以前ジョアン・ペソアで会った時には、彼はまだ医学生だった。今彼は一人前の医師として時々国境近くのインディオの村に入って患者を診ていた。彼もまた自分の仕事に疑いもなく、満ち足りた思いを持っている青年だった。田舎にはまだ字の読めない人たちも多い。医者だけでなく、祈禱師《きとうし》ともいっしょの医療である。しかし無医村にほっておかれたら、根本の治療も不可能。痛みを止めてもらうこともできない。そういう人々の間に自分がいるからこそ、生き延びる人も、痛みを止めて貰《もら》える人も出る。マウリシオはその手応《てごた》えをしっかりと感じている。だから毎日の生活が充分に満ち足りている。

英語では一人の人が、そのようにして発見した生きる場を（金を得る通常の職業であれ、自分の命を差し出す可能性もあるボランティアであれ）vocation という言葉で表現している。カトリックは「召命」という簡潔で正確な特別な訳語を使っている。つまりその人は、神によってその命も職業も時間も召されているという意味である。いやもっとはっきり言うと、人間の誰もが、本来はこの召命を受けている。

それを自覚する時初めて、職業の貴賤《きせん》の観念も、人種差別も、度はずれた出世欲も意味がなくなる。自分はこの世にいてもいなくてもいい人間なのだなどという僻《ひが》みも消え、ただ自分があるべき姿、そうあることが美しく自然で自分も楽しいという地点が見えるようになる。そしてすべての人が、神の望んだ任務をこの世で立派に果たすという点では、総理大臣だから偉大だとか、手を汚す仕事はつまらないとか思わなくなる。すべての評価は、天に帰することなのだ。その人の生きざまを評価するたった一人、これ以上公平ではありえず、いつも「隠れたところにあって隠れたことを見ておられる神」なのである。

堀江神父の暮らしもそうであった。召命は神の声を聞くことである。とは言っても、それは神がかった「天の声」が聞こえて来るなどということではない。すべての時空を越え、いつも傍らにおられる神の望むことをただ淡々と楽しく自然に果しているだけだ。

神父はこの感覚をこのように表現する。

「どんな人間の生にも、挫折《ざせつ》、失意、悪戦苦闘の連続があります。あんな短い時間(私たちのカレー・パーティーの夜　曽野註)に一番表現したいことを伝えるとすれば、この召命の美しさと喜び以外に一体何があるでしょうか。朝の目覚めから、床につくまで、心の友である主がおられて一緒に歩む毎日でしょう。人間の不幸の感覚は誰からも知られていないという孤独から来る気がしますが、キリスト者の心には、いつも私を愛して労《いたわ》ってくださる神《かた》がおられて、この神《かた》との友情に満ちた霊的な繋《つな》がりの中で毎日が過ぎて行きます。

特に痛々しい病人を訪ね、風の通らない薄暗い暑い小部屋に伏す老人と一緒に祈り、悲しみを分かち合って、午後の強い日差しの中を家路に戻る時、なんともいえない慰めと愛情に包まれて歩いている自分に気づきます。神さま、人生はなんと美しいのでしょう。人々はなんと優しいのでしょう。この感情は曽野さんが言われたように、『神に恋している』という表現以外にあらわしようがないですね」

堀江神父のことを外見からだけ見た私たちのグループの中のほとんどが、神父の年を四十代だと推定していた。しかし神父は最近多分六十歳になったところである。神父の体つきにいささかの贅肉《ぜいにく》もないから、人たちは神父を四十代だと思ったのである。しかし私はもう一つ神父は心にも贅肉をつけていないから、あんなにも姿勢よく身軽で、青年のように素早く歩けるのだと考えているのだ。

ブラジルのイグアスの滝に近いロンドリーナという町では、私の友人の日本人のシスターたちが健在で、私は再会できたことを本当に喜んだ。

日本のカトリックの修道院に志願者が減った理由はもちろん単一ではないが、その基本に流れている原因の潮流は明瞭《めいりょう》である。それは修道会がものわかりがよくなり、修道生活においては個室を与えられて生活が楽になり、修道院長の命令権が弱くなり、かつ会員に危険な使命を与えなくなったからである。つまり修道院の暮らしが、私たちの普通の生活とそれほど違わなくなったから、修道生活はそれほど魅力のあるものではなくなったのだ。修道生活が厳しさに満ち、且《か》つ命の危険さえあるほどのものだからこそ、人は生涯を賭《か》けてその「非凡な」生活を選ぶのだ。一般の生き方と同じようなものだったら、自由も堕落もご自由な俗世の暮らしの方がいいに決まっている。アフリカや南米に会員を送っている修道会には、まだその本来の使命が残っていて、私たちはどんな貧しさの中や動乱の中ででも、いきいきと働いているシスターや神父の姿を見られるのである。

ロンドリーナ近くのアモレイラでは、もともとシスターたちが乳児院と託児所をやっていた。七十パーセントが未婚の母の子である。母たちの中には売春で生きているのもいるし、クラックを売って生計を立てているのもいる。

最近シスターたちは老人ホームも経営していて、貧しい老人たちが一軒ずつ小さな独立家屋をもらい、惨《みじ》めでなく暮らしていた。私が三十年近く働いている海外邦人宣教者活動援助後援会（通称ＪＯＭＡＳ）が以前贈った給水タンクの施設は古びてはいるがまだ健在だった。

そして私たちはその近くで、一軒の、率直に言えば最低の暮らしをしている家にシスターに連れて行ってもらったのである。

「うちの保育所で子供たちを普段は預かっているんですけど、今日は風邪を引いて休んでいるんです」

シスターは予備知識を与えてくれた。子供は四人。今の夫はその子供たちの父親ではないという。四人の父が同じ男性かどうかまではシスターも知らないらしかった。今の夫は、少し知能が足りない人で、たまに仕事があれば、稼いで来たお金ですぐピンガ（安酒）を買って飲んでしまう。

「じゃ、どうして暮らしてるんですか？」

と私は驚いて尋ねた。

「周りの人の愛徳で生きているんです」

シスターはおもしろい言い方をした。今私はこの文章をワープロで書いているのだが、「あいとく」という言葉を漢字変換すると、「相徳」「空いとく」「開いとく」「明いとく」「飽いとく」「厭いとく」しかない。どれも意味のない言葉で変換ミスとしか言いようがないが、中でも「相徳」というのは日本語に全くないワープロのでたらめ日本語である。しかしキリスト教の中ではしばしば用いられる愛徳という言葉は全く載っていない。もっとも『広辞苑《こうじえん》』も『大辞林』も同様である。シスターが言ったことを無理に日本語に直せば、つまりこの一家は他人の「お情けで」生きているということになる。しかし「お情け」と「愛徳」とは全く違うものなのだ。この一家の暮らしを外側から支えている人たちは、一家に対して金を出すのではなく、自分がたまたま幸運によって受けた金の一部を再び神に返しているのだから、この一家にお礼を言ってもらうことも期待していない。それが「お情け」ではない、「愛徳」の本質である。

家は道路から少し下がった自然の窪地《くぼち》に建てられていた。ということは、雨でも降れば泥水が思い切り流れ下るだろうと思われる地形の空き地のような所に建っていたのである。ろくろく製材もしてないような粗削りの板を打ちつけただけの二軒長屋で、外壁も隣家との壁もすけすけだろうと思うが、こんな家でも、政府が建ててくれたものだ、と言う。

夫という人は家の外に座っていた。家は貧しくても、自然は貧しくなかった。気候は温暖で暑くも寒くもない優しさに満ちていた。

夫はやはり今日も仕事がないのだろう。彼のシャツと手はいつ洗ったともわからないほど、油だか泥だかで汚れていた。そして私は彼が立ち上がって私たちに握手を求めないのをいいことに、彼の手を握らなくて済んだことに少しほっとしている自分の心の醜さを恥じていたが、同行者には黙っていた。

子供たちは男の子二人が家に残っていた。いつ洗ったとも知れないどろどろのヤッケのようなものを着せられ、洟《はなみず》を垂らして外の日溜《ひだ》まりと、散らかり放題で食器も洗っていない家の中とを出たり入ったりしていた。

そこにはこの一家の他に、もう一組の親子と、もう一人の人間がいて、どちらもやはり日溜まりの中に座り込んでいた。一人の人間の方は、棟割り長屋の隣家の男である。年の頃は五十代に見えるが、髭《ひげ》は剃《そ》らずやはり垢《あか》だらけに汚れたままだから老《ふ》けて見えるので、ほんとうはまだ四十代の初めなのかもしれない。シスターによれば、この男も知能が遅れているのであった。

私はこの棟割り長屋の暮らしにぞっとしていた。夫婦の夜の暮らしも板を打ちつけただけの壁では隣家の独身男に筒抜けだろう。知恵遅れでも、性的な反応に遅れているという保証はない。

おまけにこの男の家のすぐ横に、戸外の共同便所がある。この夫婦、特に奥さんの方は、夜もこの男の家の戸の直前を通って、すぐ脇《わき》のトイレに行かねばならない。しかしそんなことをいちいち気にしたり堪《こた》えたりしていたら、生きて行けない。

もう一組の親子というのは、痩《や》せた犬の一家であった。母犬はもうこれ以上痩せられないと思うほど痩せ細り、乳房をだらんと垂らしている。

この貧しい家族が犬を飼う、という発想に私は矛盾を感じたが、強いて言えば、犬は飼われているというのでもなく、自然にその家の前に棲《す》み着いて、母犬は勝手にどこかへ餌《えさ》を食べに行って生きているとしか思われなかったのである。

この家の子供も四人なら、この犬も四匹の子持ちだった。そして母犬が肋骨《ろっこつ》が見えるほど痩せているというのに、よちよち歩きの子犬たちはけっこう太っていた。

自分たちが「お情けで」生きているというのに、犬なんて飼うな、というのは間違いだ、と私は覚《さと》った。風邪引きで洟を垂らしている子供は日溜まりで犬を抱いていた。この子供たちにとって、犬はたった一つの素晴らしいおもちゃであり暖房器具だった。

日本の都会のマンション暮らしの子供たちは、生きた犬など飼ってもらえない。アイボという名の金属のロボット犬は売り出し当時は二十五万円もした。しかしアイボと生きた子犬とでは決定的に違うところがある。生きた子犬は柔らかく温かい。寒い夜には、四人と四匹が抱き合って寝ればかなり寒さを凌《しの》げるだろう。子供たちは、ただですばらしいおもちゃを手に入れているのだ。

この一家には未来がない。だから現在の、この瞬間が大切だ。未来に期待することもない代わり、未来に絶望する方法も知らない。それが現実というものなのだ。


（二〇〇〇・十・六、十一・二）

豚が活躍する町

十一月初旬、私はシンガポール経由で南インドのバンガロールに入った。旅の目的地はバンガロールから五百六十キロ北にあるビジャプールという古いムガール時代の城砦《じょうさい》のある町である。しかし私たちの目的は、歴史を探ることなどではなかった。

私が二十八年間働いて来た「海外邦人宣教者活動援助後援会」というNGOのことは、ここでも度々触れざるをえなかったが（言い訳をすれば、それに関係しておもしろいことが起きるので）、その組織が、今回インドで学校を買うことになったのである。今、カンボジアでもどこでも、日本人が学校を作ることが大流行である。私が働いている日本財団でもカンボジア北東部の開発が遅れた土地に作っているし、私の知り合いの個人が学校を建てた例もいくつかある。学校は本来その国が自ら作るようでなくては、未来に希望はないのだが、それを言っていたらさしあたり大きな教育的空白の期間ができるので、致し方ないだろう。そして私の体験では、いわゆる「箱もの」でも、学校だけは母親たちが必死で守るので、政権の交代があっても比較的安全に影響なく使われ続けるのである。

海外邦人宣教者活動援助後援会はその名前が示す通り、海外で働く日本人の神父や修道女を支援するものだが、日本国憲法とは違うのだから、時々例外を設けて自由な発想で活動をしている。インドに関しては、日本人のイエズス会の神父を通して、私たちはインドのカルナタカ州のイエズス会の神父たちの状況を知り、その活動を助けるようになっていた。今回の旅もその仕事の経過を見ることにあった。

カルナタカ州のバンガロールを基地とする神父たちは、ビジャプールで、スラムに住む子供たちの多くが、学校に行っていない現状を何とか改善しようとしていた。今度の場合、神父たちは支援の対象を明確に限っていた。インドで今も執拗《しつよう》に残っている階級制度の中で、最下層と言われている不可触民《ダーリット》の子供たちだけに的を絞った学校を作るのが目的だったのである。

私が会った多くの人々は有名な政治家でも「インドにはまだ階級制度《カースト》が残っているんですか」などと聞くありさまである。法的にはもちろんないことになっている。しかしその差別は、むしろ年々ひどくなっている。

初め神父たちはビジャプールの町の中心部に土地を買い、それから校舎を建てようとしていた。ビジャプールは歴史のある町ではあるが、空気と水の汚染を放置された工業都市でもあった。だからというべきか、そんな所にもかかわらずと言うべきか、町の中心の土地の値段は実に高いものだったので、私たちは神父に、もう少し郊外に学校の用地を買ったらいかがですか、と提案してみた。しかし町中のスラムに住む子供たちは郊外の学校には通えない。バス路線も多くあるわけではないし、第一食べるものにも事欠いている家庭では、バス代を払わなければならないというだけで、もう子供を学校になど通わせないだろう。つまり学校はどうしても歩いて通える町の中心部にある必要があるということであった。

どうしてこの塵芥《じんかい》だらけの乱雑な町の中心部の土地の値段がそんなに高いかと言うと、企業の持主の「資本家」たちは決してこんな町には住まないのだ、という答えが返って来る。自分たちはゴアやムンバイ（ボンベイ）の爽《さわ》やかな海辺の豪邸に住み、工場のあるビジャプールには「差配」を遣わすだけで、決してこういう不潔な町には来ないから、町の環境がどうであろうと全く意に介しないし、土地を売ろうという人もないのだ、ということだった。

ダーリットと呼ばれる不可触民の子供たちだけを教育する学校を建てると言うと、事情を知らない日本人は、すぐに神父たちが差別をして、他の子供たちと分離した教育をしようとしている、と早とちりする。

もっとも私が初めに心配したのは、逆の方向、つまり日本的な学校の推移であった。日本でイエズス会の神父たちがいい高校を作り、生徒の東大への合格率が高くなったりすると、たとえその学校が鹿児島にあっても、九州のあちこちから父兄が子供をそこに送るようになるのが普通だ。だから私たちは、インドの神父たちがせっかくダーリットの子供たちをターゲットにした学校を作っても、いつの間にか他のカーストの子供たちに占領されて、貧しい家庭に育ったが故《ゆえ》に学力にも劣る子が多いダーリットの子供たちが、結果的には追い出されることになりはしないかと恐れたのである。

しかしこれは全く見当違いな心配であった。放っておいてもインドのヒンドゥたちの少しでも上級のカーストの人たちは、ダーリットの子供たちの行く学校へは決して自分の子供を通わせない、ということで、私たちはまた改めてインドの事情を認識しなければならなかった。日本でも他の多くの国でも、人によって差はあるものの、もし貧困の中に取り残された人たちがいたら、少しは助けようとする意思のある人たちがいるものだ。だから学校を建てるにしても、インド側でできれば五十一パーセントの資金を寄付で集め、足りないところを日本側が出すという形が望ましい。しかしインドでは、ダーリット支援の金は全く集まらないに等しいということも説明された。

インドのヒンドゥの思想では、人は、バラモン（僧族）、クシャトリヤ（武士）、ヴアイシャ（商人・農民）、シュードラ（職人・奴隷《どれい》）の四つの階級に分かれており、その下に不可触民と呼ばれる最下層の人たちがいる、ということになっている。そしてなぜダーリットに生まれるかは前世からの業《ごう》によるものなのだから、人間が窮状を救うものではない、という解釈である。しかしそれは表向きの理由で、実はそれを利用した支配者階級が、安い労働力を確保する目的を果たしているという解釈もまた普通なのである。

土地の候補地が二転、三転した後で、私たちは結局神父たちの求めに応じて、約二千七百万円の予算で町のど真ん中にあるココ椰子《やし》の油を搾《しぼ》る工場を買うことにした。日本と違って、学校というものはつまり雨と日差しを防ぐことができる建物なら、一応それでいいのである。生徒の数と、校舎の面積やトイレの数の比率だの、気分が悪くなった時の衛生室だの、火災の時の避難用の脱出口の話など全く出ない。規則はあるのかもしれないが、それに該当しなければ学校と認めないとなったら、インドの多くの学校が閉鎖しなければならなくなるだろう。

私たちは買うお金は用意したが、すべての手続きは複雑で遅かった。まだ正式の登記もできていない。商業用としてこの建物の移転登記をするならすぐできるのだが、それだと学校用として登記する場合より二百万円以上高く費用を払わなければならない。しかし学校用として使用目的を変更するには、最低半年くらい、登記に時間が掛かるのである。

この新しいビジャプールの学校は「ロヨラ・ヨミウリ・スクール」と名づけられていた。海外邦人宣教者活動援助後援会が読売新聞社から「海外協力賞」を受賞した時の賞金がここの資金に注ぎ込まれたので、そう命名されたのである。神父たちは売買契約を済ませ、とりあえず幼稚園二クラスと小学校一クラスの授業を発足させていた。三つの部屋だけが、何も手入れをしなくても使える状態だったからである。黒板があるだけのガランとした石の床の上に、子供たちがあぐらをかいて坐《すわ》る、机も椅子《いす》もない教室である。しかしスラムに住む生徒たちは、せいぜいで十畳ほどの面積しかない暗い室《むろ》のような家の中でもゴザを敷いて雑魚寝《ざこね》しているのだし、家の中に家具があるわけではないのだから、学校に椅子や机がなくても、特にかわいそうだということにはならないのである。

スラムの生活は、日本人には想像できないものであった。私たちが訪ねたスラムの入り口には、巨大な鋭い刺《とげ》の生えた灌木《かんぼく》が立っていて、「気をつけてください」と私たちはまず注意された。刺は地面の上にもたくさん落ち、その上を裸足《はだし》の子供たちが平気で歩いていたので、私は自分の足の裏のひ弱さを恥ずかしく思った。

スラムの特徴はすべての家が小屋に過ぎず、それが雑然と建っていることだった。屋根も椰子の葉で葺《ふ》いた屋根の家もある。もちろん各戸に水道などない。共同浴場は、屋根もない腰までの石を積んだ二畳ほどの囲いである。人間のし尿も混じった汚水があちこちに溜《た》まり流れ、その間をこの町の主役である豚が歩いている。豚のことを神父たちは英語で「スカベンジャー」と言ったが、これは「腐肉などを食う清掃動物」と辞書には書いてある。普通はハゲタカやジャッカルのことだが、ここではあらゆる塵《ごみ》を放し飼いの豚が食べてくれていた。豚はどぶの中にも肩まで入って餌《えさ》を漁《あさ》っていた。

もしスラムのために働いている神父が同行していなかったら、私たちは異様な空気に直面せざるを得なかったであろう。ここはよそ者の入れるところではない。子供たちは人懐《ひとなつ》っこいが、大人たちの中には不快そうな視線を投げる者もいる。一人の力車のドライバーは足の傷が膿《う》んでいた。犬に咬《か》まれたのだという。インドでは野犬は放置されていて狂犬病に対する予防処置は全くされていない。犬に咬まれた人は、すぐさま予防注射をしなければならない。発症した狂犬病の患者は百パーセント死亡するからだ。咬まれた後の予防には一万六千円ほどの注射代がかかるのに、その人は六千円ほどを払っただけだというから、足りない処置の分だけは運任せである。一家がどうやら食べて行けるか行けないかの境目は、日本円で一万円だというのだから、この力車ドライバーは、働けなくなった上、生活費の半月分以上の金を、この不運のために支払わなければならなかった。

このダーリットにも、実は上級ダーリットと下級ダーリットがいるのだ、という話はそのスラムを歩いていた時に教えられたのであった。力車のドライバーは上級なのだが、道路などを掃いている掃除人は下級ダーリットとみなされていた。それは外部の人間がそう決めるのではなく、彼らダーリット自身が設定した差別であった。

どうして上級か下級が決まるのですか？　と私は尋ねた。たとえばエボラ出血熱のような強烈な感染力を持った病気を扱う医療関係者を、非科学的な一般人が恐れる、というようなことならあるかもしれない。しかしダーリット自体差別を受ける理由もないことに苦しんでいるはずなのに、ダーリット自体が再び自己の組織の中で差別を構成するということが、私たち日本人には理解できないからであった。差別の一つの決め手は、かがんでする仕事をする人は、下級ダーリットと見なされるということであった。背をかがめて掃く仕事はそれに該当する。とすれば、電気掃除機を使う掃除であれ、昔の箒《ほうき》で掃くことであれ、草取りや畑仕事をする私のようなガーデニング愛好者であれ、すべて下級ダーリットに該当するのである。

ダーリットは、自分たちが受けた屈辱を忘れて、というべきか、受けた屈辱の報復をするため、というべきか、再び自分たちが少しでも優越感を味わうために、同じ階層の中にさらに階級を作り、従事する仕事も差別した。もっと複雑なのは、下級ダーリットさえインド社会では最下層ではないということだ。ダーリットといえども、都会のヒンドゥ社会ではれっきとしたメンバーである。しかし田舎のヒンドゥ以外の部族《トライブ》の人たちは、東欧ではジプシーという名で知られるランバーニ、アフリカからゴアに連れて来られた奴隷たちの子孫で黒い肌と縮れ毛を持つシディ、牛飼いのガウリ、森の人と言われ今でも森の奥に隠れ住み人を見ると逃げるゴーラ、などで、彼らはあらゆるヒンドゥから見下げられていた。私たちの海外邦人宣教者活動援助後援会がビジャプールなどに先立って最初に小学校建設の資金を出したのは、こういう部族の子供たちを対象にした学校であった。

バンガロールに戻って次の日、私たちは今度は車で小一時間ほどの所にあるアネカルという村へ行った。そこでもイエズス会の神父たちが、ダーリットの子供たちを対象に寄宿学校を始めていた。そしてその午後、学校の敷地の中の広い疎林《そりん》には約五百人に近い婦人たちが、正装して集まっていた。近隣の二十五の村からやって来た、すべてダーリットの婦人たちである。五百人が集まるには「会場の手配が要る」などと考えることはなかった。できれば木陰で、大地に腰を下ろす場所さえあれば、ただちに集会は可能なのである。

彼女たちは、恐らく神父から、私たち日本人がビジャプールに学校を買ってくれたことを聞いていただろう。しかし他人の幸福のために喜ぶ、ということのできる人はごく少ない。教育を受けていない人々は、架空の想定や、自分と直接関係ないことのために、喜ぶことも悲しむこともほとんどできないものなのである。だから彼らが集まったのは、退屈な村の暮らしの中で一つの変化が味わえ、晴れ着を着る場所ができたからだ。そして精々で日本人たちは多分将来ビジャプールだけでなく、アネカルにもお金を出して、何かいいものを作ってくれるだろう、という漠然とした期待を持ったからだろう。

彼らの高度に練習を積んだ棒踊りや、村の手風琴の演奏などの後に、突然一団の変わった女性の踊り手たちが現れた。彼女らの姿が見えた時、五百人を越えるダーリットの婦人たちの間に一種のざわめきが起きたが、それは決して尊敬や愛情や喜びの期待をこめたものとは、私たちの同行者の誰もが感じなかった。新しい踊り手は、金きらに着飾ったランバーニ（ジプシー）の婦人たちだった。そしてざわめきは、ランバーニなんかが来て踊るのか、という驚きだと解釈した人もいた。

彼女たちの踊りは、フラメンコとは似ても似つかないものであった。それは徹底して腰を曲げ、ほとんど土を耕す動作の繰り返しだけであった。もちろんランバーニは田舎の部族で、ヒンドゥのダーリットではない。しかしダーリットが自ら、上の階級と下の階級とに分類した方法でいえば、彼女たちは下の階級の特徴を示す仕草だけで踊り続けたことになる。

人の波が去ってから、まだランバーニの婦人たちが残っていたので、私はそこで彼女らに加わって踊った。どうしてそういうことをしたかと言うと……私はこれでも水木流の踊りの名取り（ただし戦争中に乱発された粗製乱造名取り）で、世界中の盆踊りくらいならたちどころに加わって踊る破廉恥《はれんち》な神経を持っていたからである。

（二〇〇〇・十二・七）

Ⅲ　時の証人たち

時の証人たち

二〇〇〇年の五月二日の日暮から、イスラエル全土は「虐殺《ホロコースト》による殉教者と英雄の記念日」に入った。ホテルのロビイには慰霊のろうそくがともされ、一切の音楽の演奏も中止される。ホテルの玄関や官公署に掲げられる国旗はすべて半旗になった。

前日の午前中ヤド・ヴァシェム「虐殺《ぎやくさつ》記念館」を訪れたので、その生々しい写真の印象も薄れないうちに、現実の町も、生活の周辺も、テレビの世界もすべて虐殺の歴史をなぞるようになった。

全くドイツ人はたまらないだろう、と思う。毎年毎年、国をあげてナチスがどんなに残忍なことをしたか、を永遠に語り継がれる。一つの国家の印象を形作るのに、これほど大きな失敗をした例はあまりないだろう。

二日の夜、「虐殺記念館」の庭に作られた会場で記念式典が行われたのが、テレビ中継された。六百万人が殺されたことを記念して六つのトーチに点火されるのだが、その一人一人が虐殺を生きぬいて来た人々であった。

テレビは、その一人一人が生きて来た重い年月を淡々と物語る。

ゼーヴ・ポルトノイ（一九三二年生）は、ウクライナのトゥチンに生まれた。一九四一年、その郷里の村にナチスが入って来た時はまだやっと九歳であった。直系の家族の中で生き残ったのは、彼一人である。幼なかったことが、かえって彼の生存を助けたのかも知れない。彼は時によってウクライナの、或《ある》いはポーランドの難民をよそおって放浪しながら戦争の期間を生きぬいた。戦後はノボグラード＝ボルインスキーとレニングラードに数年ずつ住んだ後、一九五七年にイスラエルに来た。

一九二三年生まれのナタ・オスモ・ガッテノーはギリシアのコルフの出身である。一九四三年、ナチスが生まれた島を占領した時、彼女は地下組織に入った。島民が強制的に島から出されたのは一九四四年である。彼女は二人の姉妹をその途中で「奪取」したが、残りの家族はアウシュヴィッツに送られた。生存したのは彼女一人であった。

ヤフド・ツテルンフェルトは一九三〇年生まれ、ポーランドのウッジのゲットーから一九四四年アウシュヴィッツに送られた。一九四五年にイスラエルに移住し、二年前から、虐殺から生き残りはしたが独立戦争によって生命を落した四百三十三人の記念碑を作るために奔走している。

フェリックス・ザンドマン（一九二七年生）は、ソ連のグロドノのゲットーに、彼の遠い親戚《しんせき》の人たちと住んでいた。一九四三年二月、家族はトレブリンカ収容所に送られた。彼と叔父は、ゲットーの外で強制労働に従事していたので、いっせい検挙の時にも、その網にかからずに逃げおおすことができたのである。戦争が終るまでの残りの日々を、二人は知人の家の下に掘った穴の中で生きていた。

コペル・コルパニッツキーは一九二六年生まれで、ベラルーシのラクヴァア・ゲットーに住んでいたが、一九四二年にそこが「粛清」された時、彼は逃げ出してパルチザンの組織に入ってドイツと闘った。戦後、彼は秘密の「ラネゲヴ」号に乗り込んだが、イギリスに阻止され、乗っていた人々はキプロスに送られた。

シルヴィア・シェルツァー・アーロンは一九三六年にルーマニアのブコヴィーナのチェルノフツィに生まれた。家族の大半はトランスニストリアのイワシコフツィのキャンプで死んだ。姉とシルヴィアはルーマニアに連れ帰られ、さまざまな施設や養い親の元で育てられた。イスラエル建国後も、二人の姉妹が移住を許されるまでには二年もの間、さまざまな障害と闘わねばならなかった。

この女性は、記念日にトーチの一つに点火する役に選ばれた時、十六歳の孫娘を伴って来た。

「私は、子供たちと孫たちを連れてあそこに行く予定です。私があそこにいる、ということは、ナチスが私たちを絶滅しようとしても、それができなかった、という証拠ですから」と彼女は、「エルサレム・ポスト」紙のインタービューに答えて言った。

彼女は三人兄妹の末っ子だった。母は一九四一年、まだ彼女たちが普通の生活をしている頃肺炎で死んだ。一年後に、家族は他のユダヤ人たちとゲットーに集められ、それから汽車でトランスニストリアの麓《ふもと》まで運ばれた。祖母は強制収容所へ行く途中に動けなくなった。その時一家は彼女を現場に見捨てて行くほかはなかった。ナチスの兵隊に銃をつきつけられていたからである。彼女たちは約一年、収容所の中で寒さと飢えに苦しめられた。姉のエトカと彼女、それに従弟《いとこ》のディディだけが生き残った。父も兄も収容所の中で死んだ。

姉と彼女がイスラエルに来てからは「青年帰還者」という組織が彼女らを支えた。アーロンは『石と希望の間』という題で体験記を出版している。

虐殺記念日の夕方から翌日にかけて、イスラエルのテレビは、歴史的真実を告げる映像を流し続けた。言葉がヘブライ語なので、どこで起きたものかわからないものもある。

一組の民間人の男女が一つの建物の中に入って行く。中には人間の裸の遺体が山積みになっている。二人は出て来る時、ハンカチを鼻と口に当て、明らかにひどく動揺している。あたりにはナチスの兵隊がたくさんいるから、この二人は公的に許されて死体の山を見、映像も許可されたカメラマンが映したものだったのだろう。

私はちょうど障害者と共に、イスラエルを旅行中だったのだが、私たちの間でもナチスの心理が話題になった。

人間は世間から悪いと言われても、どうしても自分の快楽のためにやめられないものがある。女、賭《か》けごと、酒、は最も典型的なものだろうが、その他にも、悪いことではないが、家族からは危険だからやめて下さい、と言われるものに、登山、自動車のレース、オートバイなど、或る種のスポーツもあるだろう。その他、高価なもののコレクションも、周囲の人の眉《まゆ》を顰《ひそ》めさせる場合がある。それだけの金があったら、生きている気の毒な人を救ったらどうだ、という非難を受けるのである。

しかし私はあまり道徳的ではないから、これらのすべての情熱を理解できるような気がする。彼らがとがめられる理由は、その身勝手さにあるのだが、身勝手でない人間などいない。しかしナチスの「反セム文化」の情熱には、どうしても避けられない一つの宿命がある。それは死体処理ということである。

人間が死んだり、殺されたりする、ということはそこに死体を残す、ということだ。死ぬと消えるのなら話は楽なのである。

公的に言えることではないが、人間が或る時、或る特定の状況下において、殺意を果すことに快感を覚えるということさえ、私は理解できる。しかしそうした殺人者は多くの場合、遺体処理をしない。現場に放置して逃げるのが普通だ。証拠湮滅《いんめつ》のために、死体を埋めたり、切り刻んで捨てたり、焼いたり、食べたりする人はたまにいるが、それは、連続殺人と言われるケースでも百人を越えることはない。いや十人を越えることとさえ非常に少ない。

ユダヤ人抹殺の野望は、死体処理をする、という人間にとって最もいやな仕事と抱き合わせであった。それなのに、どうしてそれをやりおおせたか、ということが、私には理解できなかった。もちろん、遺体処理に関する現場の仕事は、強制収容所内の同胞ユダヤ人の手に委《ゆだ》ねられたであろう。しかしナチスは遺体処理を「産業」の部類にまで発展させた。そうしなければ、これだけ多くの死体をとうてい処理できないからである。日本人のように遺骨の姿形を重要視し、「仏さまは立派な骨格でいらっしゃいましたね。これが喉仏《のどぼとけ》ですから、ご遺骨の一番上にお置き下さい」などと言われる美学を重んじないなら、ナチスの強制収容所の人間焼却炉ほど、改良に改良を重ねられ、効率のいいものは当時なかったであろう。

国家的使命感、民族の優越感、がそれらのことをなさせた、とは言っても、純粋に死体の臭気、不気味さ、重さ、硬さなどという感覚的な不快感と、どうして向い合って来られたかが、私にはわからない。酒を飲みすぎれば肝硬変になる、と言われても、今、酒は楽しいのだ。だから死は遠い先のこととして、人間は今楽しいことをやる。これならよくわかる。しかし、今不愉快なことを、人間はどうして続けてやれたのだろう。

感覚の麻痺《まひ》ということが、その時も話題になった。

広島・長崎の原爆の時にも、そこにはおびただしい遺体の山が残された。強制収容所と違うのは、そこには手を下したアメリカがいなくてただ死者たちを悼《いた》む者だけがいた、ということだ。

しかしその時、遺体を火葬にするために運んだ人たちは、初めのうちこそ胸を痛めていた。しかし次第に感覚は鈍麻して来て、当初のように悲劇を強く感じなくなった、と話をしてくれた人がいる。

それは人間の基本的な堕落でもあり救いでもあるのだろう。人間は耐えられないような状況に自分の身を置くことはないように、多分自動的な防御装置をつけられてしまったのである。

「虐殺記念日」の二日目（ほんとうは一日なのである。ユダヤの暦は日没を以《もっ》て一日が始るので、日本人には二日間に渡るような気がするが、日没から日没までを一日と数えるのが正当である）。「午前十時には、サイレンが鳴ります。すべての車は停り、運転者も車外に出て黙禱《もくとう》します」と言われていた。バスの場合は、車内で起立するか、坐《すわ》ったまま黙禱するのである。

バスが停った所は人家もまばらな岡の稜線《りようせん》であった。

私たちのバスの前には一台のユダヤ・ナンバーをつけた車が停り、運転者は車内から出て来て立って黙禱していた。

たまたま私の視線の中を二人の人物が横切った。一人は梯子《はしご》を担《かつ》いだユダヤ人に見える男であり、もう一人はすも色の長い裾《すそ》まであるアラブ人の民族服を着て、白いヴェールで髪を隠した女性だった。

二人は鳴り続けるサイレンにも、周囲の車の行動にも、全く左右される気配はなく、男は梯子を運び続け、婦人は太陽の光が白く見えるほどの昼の陽ざしの中を歩き続けていた。

強制収容所の悲劇でさえ、それは人間性の共通の汚点や悲しみになどなり得ないのである。それはユダヤ人とドイツ人にのみ関係したことなのである。日本人はすぐ連帯ということを考える。アウシュヴィッツの教訓を自分のものにするのが良心だと考える。

しかしもしかするとユダヤ人自身がそんなことは期待していないだろう。ユダヤ人にとって、同志（ダミーム）とは、「血か金を出す人」、という定義がある。その金も、百円や千円、或いは一万円程度の寄付で済むものではない。自分にとって生活や存在が不安に陥るほどの金額を出した人、か、血、すなわち生命の危険を顧みない行為を取ってくれる人だけなのである。だから、それを取り得ない人は、記念日のサイレンの中でも、全く無関心に梯子を運び続けたり、歩き続けたりしてくれるほうが、口先だけの支持をしてくれるよりよほどいいと考えるのかも知れない。

私たちの旅行のグループは、数日後には北部のガリラヤ湖の畔《ほとり》にいた。滞在中の一日は、ガリラヤ湖の水源を見に更に北部に行くことになっていた。その朝、気管支炎が治らないので、ホテルで休むことにしていた私がバスを見送りに出ていると、土地の人が冗談に言った。

「ヒズボラ（イスラム・シーア派の組織）がカチューシャ・ロケットを撃ち込んでいる

ので怖くて行かないんですか？」

私は答えた。

「いいえ、私がその場にいたら、記事を書いて、新聞社に高く売りたいくらいですよ」

その足で私はホテルの売店に新聞を買いに行った。

五月四日夕、北部のキルヤット・シモーナの町に南レバノンからカチューシャ・ロケットのいっせい攻撃が行われ、兵士一人が死亡し、市民数人が負傷したのである。ミサイルは数千人の人々が安息日前の買物で賑《にぎわ》う店や露店のある地区に十六発が撃ちこまれた。

それより二時間前に、こうした国境の村々はイスラエル国防軍北部軍司令部から、公共の防空壕《ぼうくうごう》の扉を開けるように、という警報が出ていたのだと言う。

この攻撃は、二人のレバノンの女性と、三人のヒズボラの銃撃手を殺された報復に行われたものであった。二人のレバノン女性の死は南レバノン軍が、北東地区のセキュリティ・ゾーン周辺の不審な動きに対して攻撃をしかけた時におきたもの、つまり同士討ちだという説もあるが、公式発表はなされていない。それに対してイスラエル側の誤爆が、十四人のレバノン人の負傷者を出したことも書いている。

イスラエルは目下南レバノンから撤退中、というより既に一部は引いている、という。そしてこうした町では住民が挙げて、「血には血を」の報復を、ヒズボラと、その背後にあるイランのシーア派の過激分子に対して取ってくれるように要求しており、イスラエル側も報復に踏み切った、と新聞は報じている。

住人たちは家にマットレスやふとんや、食べものや飲みものや、子供たちのゲームを取りに戻った。夜をずっと防空壕で過すためである。

同じ日の新聞では、日本のニュースとして、十七歳の精神病院に入院中の少年が一時帰宅中にバスを乗っ取り、女性一人を殺し六歳の少女らを人質にした事件が報じられていた。

別に、地域戦で闘うのには意味がある、などとは言わない。しかし日本の事件は、ひよわで病的な感じがする。平和故《ゆえ》に病んでいる日本だという気がしないわけでもない。

本当に皮肉なことだが、「平和」の意味は、戦乱の中でしかわからないのが、現実なのかも知れない。日本が地域戦、宗教戦争にでもまきこまれていたら、この十七歳もこういう事件を起こさなかった可能性もある。

土地の人々はもう争いにはうんざりしている。しかし心の一部ではこれが人生だ、と思っているだろう。なぜなら全く闘いや差別や対立のない社会などというものを、この土地の人は体験したことがないのだから。

平和《シャローム》という言葉は「欠けたもののない状態」を指すのだという。現世でそんな瞬間がないことを知っている人たちが、その言葉に重い輝きを感じるのである。

（二〇〇〇・五・五）

聖家族の日曜日

クリスマスの次の日曜日のミサは、爽《さわ》やかな南方の風の中をシンガポールの教会に行った。赤道圏には強風が吹かないものだ、と長い間私は信じていたのだが、時々その日のように強い風が吹く時もある。すると、十階建てのマンションくらいの高さのある木が倒れたりしている。南方の木は根が張っていないのである。

教会は一八三二年創立というから歴史はもう百六十年以上である。古めかしい扇風機が天井からぶらさがり、私の席のすぐ脇《わき》には、この教会のために尽くしたらしい人の墓碑銘がはめこまれている。

数十日もかかって汽船でこの極東の地までやって来て、どれだけの人が遠いイギリスを偲《しの》んで涙を流し、病気に斃《たお》れたことか。

この教会でミサに出ていると、よく驟雨《しゅうう》がやって来る。近くの大木が風にそよぎ、雨の音が激しく屋根を叩《たた》いて、もともと聞きにくい英語のお説教がほとんど聞きとれないほどになる。一瞬、神の愛より、帰り道に傘がないのだがどうしようか、と現世の些事《さじ》に心奪われるのも、そういう時である。

今でもここには、遠く祖国を離れて任務でこの土地にやって来たイギリス人たちの心のひな型が形を変えて残存している。この教会で最多数を占めている、フィリピンから出稼ぎのメイドさんたちは、家族の生活を支えるために、一人この地で頑張って働いている。

その日、ミサが始まってしばらくすると、私は前の席に、いささか違和感を覚える男女が座っていることに気づいた。

男は四十代の始めかと思われる中肉中背のヨーロッパ人だった。くせ毛に僅《わず》か白いものが混じり始め、頭頂部が少し薄くなりかけているのを、当人は気にし始めているかもしれない。白っぽい生成りのズボンに、きちんとアイロンが当たった黄色系ストライプの木綿の半袖《はんそで》シャツを着ている。しかし濃い緑のレンズの入ったサングラスをかけて、どことなく色男風である。腰のポケットからはほんの少し櫛《くし》の先がはみ出していた。

彼は、右手を伸ばして隣の東洋人の若い女の腰を抱いていた。女はまだ二十代でフィリピン人のようにも見えるし、もう少し純粋に東洋的な顔だちだから、ベトナム人か中国系のシンガポール人かもしれなかった。長い髪を背中まで垂らし、後ろから見ると丈の短い真っ白な袖なしのワンピースを着ている。

やがて私は、彼女が時々ハンケチを出して涙を拭《ふ》いたり、鼻をかんだりしているのに気がついた。彼女は何度か傍らの男にも笑顔を見せたが、他の時には、また泣いているのであった。

私の知人に年の頃はまだ五十代だと思うのに、いちゃいちゃしている男と女をみると、

「警察を呼べ。公安は何をしているんだ」

と小声で叫ぶ癖のある人がいる。終戦までは、日本中に儒教的な気風があって、男と女が公衆の面前で仲よくすることは許されなかった。私のような年の人間でも、もうその時代のことは忘れかけているのだが、私たちは東洋人なのだから、大統領が公式行事の席で妻にキッスしたりすると、やはりおかしいという気分もよくわかるのである。アフリカ人だって、当世風の若者は別として、人の面前では夫婦や愛人があまり唇を合わせるキッスなどしない。

もしその人がここにいたら、「全く教会の中で、何をしてるんですかね」などと言うだろう、と私はおかしくなった。それに対して二人は多分、神さまは愛をお望みです、などと答えるかもしれないが、聖書の中には同じ愛でも「エロス」という原語で

表さなければならない愛は出て来ないのである。

こういう場合、私の作家としての空想はまことに通俗的な範囲を出ない。この娘は、左の薬指に、ほとんど色のないような白っぽい小豆粒ほどのオパール（つまりかなりの安っぽい石）をはめ込んだ指輪をしていた。

これはなかなか意味深なものであった。彼女は人妻なのか。それともこの指輪はつい最近この男に買ってもらったものなのか。とすると、この男の意図は見え見えで、五十ドルもするかしないかの安指輪で将来結婚することを信じこませたのかもしれない。第一、今日教会のミサに来たのだって、女のご機嫌を取り結ぶためだということは見え見えである。男は周囲のミサに来た人たちと同じ立居振る舞いをしてはいるが、祈っている気配は全くなく、ひたすらお触りを続けているだけなのである。

私がさらにこの男に悪意を抱いたのは、聖体拝領をするために立ち上がって教会の中央通路の列に加わった時、私は自分の席を確認するために振り返って、例の男の右手が、今度は女のミニスカートの腿《もも》のあたりにまで深く差し込まれているのを見てしまったのである。

私が自分の席に戻った時も、前の席に女はまだ跪《ひざまず》いて祈っていた。こんな時、再びグレアム・グリーンの小説の仕組みが蘇《よみがえ》ってしまうのだ。彼女は故郷に夫をおいて出た人妻なのか。そしてその夫に悪いと知りつつ、夫にはない甘い言葉をかけるこの白人の男に会って、どうしてもその魅力に抗しかねたのだろうか。

こういう場合、女はもしかするとこんなふうに祈っているのかもしれない。

「私は生まれて初めて人を愛してしまいました。しかしどうぞ愛をお許しください。夫を裏切ることになるのもお許しください」

この二人は不倫なのだろうか。それともここで出会ってほんとうに将来を約束しかけた仲なのか。もしかすると、そうかもしれない、と思い始めたのは、女がややしばらく経《た》ってから、聖体拝領をするために立ち上ったからであった。私は彼女が列の後部に就き、祭壇の方に進むのを見た。私はほっとした。少なくともグレアム・グリーン風の見方をすれば、彼女は、自分の行動を大きな罪とは見ていないことを示しているからだった。夫を裏切るというような大きな罪を持ちながら、聖体を受けることを、カトリックでは禁じているからであった。

その日は「聖家族の日曜日」であった。ミサの中の書簡の朗読は、聖パウロの『コロサイの信徒への手紙』の三章の十二節から二十一節の部分である。

「あなたがたは神に選ばれ、聖なる者とされ、愛されているのですから、憐《あわ》れみの心、慈愛、謙遜《けんそん》、柔和、寛容を身に着けなさい。互いに忍び合い、責めるべきことがあっても、赦《ゆる》し合いなさい。主があなたがたを赦してくださったように、あなたがたも同じようにしなさい。これらすべてに加えて、愛を身に着けなさい。愛は、すべてを完成させるきずなです。（中略）いつも感謝していなさい」

教会が配るその日の祈りの紙には、「家族のハンドブック」なるものも添えられている。

「神は家族本来の姿を定められました。主は子供たちの中で父の座に名誉を与え、そして母の地位を息子たちの間で支持します。何人であれ、その父を敬う者は罪から清められ、母を安らかにさせて置く人は、主に従順であったと見なされるのです。我が子よ、老いたる父を労《いたわ》りなさい。生きている間父を悲しませてはなりません」

これはいささか古いセム的な表現である。洋の東西を問わず、間違っている父もいるだろうし、道徳的でない母もいるだろう。しかし家族は一応平等ではないのである。もちろん当時の社会的な状況は、今の日本と全く違う。父は家族の全責任を負っていた。子供たちの顔色を窺《うかが》うひ弱な父ではなく、家族の運命を担《にな》う人であった。そして母はたとえどのような人であれ、乾いた砂漠の中に放り出すことはできない存在であった。そんなことをすれば、子供たちは基本的に人格を疑われるようになっていた。

神父はどこの国の人かわからなかった。九十パーセントがヨーロッパ人のようでもあり、ほんの少しインド人の血が入っているようにも見える。それがまさしくシンガポール人なのだ。

神父は書簡の続きの部分を説教の中で言う。

「夫たちよ、妻を愛しなさい。つらく当たってはならない。子供たち、どんなことについても両親に従いなさい。それは主に喜ばれることです」

最近私は日本の社会で、こういう言葉を一年に一度も聞かなくなっていた。日本では「親孝行」という言葉が全く消えてなくなったのである。親の老後のために子供が犠牲になるのはいけないこととなっているので、そのために介護保険を作ろうとしている。この保険制度が子供の代わりをするとは、私は全く信じていないけれど、ないよりはあった方がいいのも確実である。そして現代の親たちの多くは、何とかして子供に迷惑をかけないでこの長寿を解決して行こうと必死になっている。親からみれば思いやり、子供から見れば孝行の気持ちがなくて、その双方共、円熟した人間にはなれないのだが、親には従いなさい、というその一言も言えず教えず、というのが、日本の教育なのである。

夫は妻を愛しなさい、という。これは妻に対しても同じ言葉が通用するだろう。愛にはさまざまな形がこめられている。いかなる事態になっても捨てないという誠実や、相手を裏切らないという決意や、感情の爆発を暴力で解決しないという一種の良識や、さまざまな抑制が要る。

しかし現代では、一夫一婦という結婚の常識的な形を社会で利用しながら、なお自由な性関係を持つのも当然とするのが新しい思想だと思われている。しかしそんなことは、ほんとうはご都合主義の薄汚いやり方なのである。

誰とでも自由な性的関係をもって暮らしたかったら、その方法は自由に残されている。結婚などしないで同棲《どうせい》すればいいのだ。それがフェアーというものだろう。

とは言っても結婚生活をしているうちに、どうしても配偶者以外の人を好きになってしまうことも当然あるだろう。その場合には、少なくとも結婚という契約に違反したという後ろめたさを覚えるのが人間というものだろう。しかし今の日本には、「孝行」と同じく「姦通《かんつう》」という言葉もなくなったので、この後ろめたさも、罪の意識もない。罪の意識が人間を創《つく》るなどと考えたこともないし、考えるのもばかくさいのである。自分の欲望に従うのが何より正当なことで、それを縛る道徳はつまり民主主義に反したことなのである。そして自分は悪事を犯したことがなくて、他人だけ人道的ではない、差別をしている、自然を破壊している、と告発するのが現代風の発想の典型的なパターンになってしまった。

いいことも悪いこともするのが人間というものだろう。誰も完全ではない。誰もが癖だらけだ。その癖を——それが刑法に触れるようなことでない限り——「まあ仕方がないや」と許し合って生きる他ない、と私は思う。

親に対しても特別な親孝行者でない限り、時々は親を重荷だと思う瞬間があって当然だろう。しかしそれでも親を捨ててはいけないのだ。捨てたら、その人の生涯は失敗に終わるからだ。こんな簡単で複雑な原則が、日本では全く大人の間でも語られない。親の老後を、その子供個人に背負わせようなどというのは政治の貧困であり、人権を無視したことだ、と非難される。

その日、アジアとヨーロッパの交じり合った顔をした神父は、人々、つまり私たち一人一人のことを、「選ばれた人」「愛された人」という言い方をした。日本ではこんな表現も全く聞いたことがない言葉であった。

今の日本では「人権」と「平等」しか論じられない。

しかし「人権」は要求するものだし、「愛」は自己規制であり、自発的に与えようとするものであって、くれと要求して与えられるものではない。

先年、数時間に及ぶ法務省の人権に関する何度かの会議の中で、人権という言葉は数十回、もしかすると数百回頻発されたのに対して、愛という言葉は一度も語られなかったのに驚嘆したことがあったのを私は思い出していた。

神は人間を人権や平等を基本に扱ったりはしない。一人一人を選んで深く愛し、一人一人の違いを子細に心に止めて、一人一人に最も適した任務を与えようとする、と解釈される。

神はすべての人を、平等にではなく、その持ち味の違いによって、大切に選ぶのである。だから一人一人の人が、神との間に特別の関係を意識する。「その他大勢」として平等に扱われるのではないのだ。それが神の愛なのである。

さすがにこのクリスマスの季節は、シンガポールも乾期なので、ひどい雨は降らない。お説教が聞こえないほどの驟雨も来なかった。お説教が聞きとれないのは、つまりは英語力のないせいなのに、私はいつも雨のせいにして来ていたのである。

ミサが終わると、前の二人は抱き合いながら帰って行った。フィリピン人のメイドさんたちは、これから繁華街のオーチャード・ロードに屯《たむろ》して、道端パーティーを始める。お金を使わないようにしているので、コーヒー店にもハンバーガー・ショップにも入らない。しかしあの二人は多分もう少しましな休日の過ごし方をできるだろう。

貧しさで心を売る、と人は非難するが、貧しさはほんとうに辛《つら》い。心を売っても仕方がないかと思う時もある。

働く場所がない国は世界中にいくらでもある。いくら人に勤労意欲があっても、働く口がなくてはどうにもならない。そういう国家的、社会的体制に、国民を組み込んでいる国から比べたら日本はどんなに幸せなことか。

しかし、それにしても、あの教会は、たった一時間の間に、実に多くのことを考えさせてくれた。立派なお説教の内容からも、そうでないことからも、幸福なことからも、不幸なことからも、私が考えるように仕向けてくれた。

しかし日本には、その散文的な厚みさえない。して悪いことがないのだから、罪も涙もない。だから人は皆乾いている。乾いて権利を主張するとよけい心はぼろぼろだ。でも幸いに、私には泣くことがあるから、心が乾かない。私に泣くことを与えてくれた人やことがらに、深く感謝をしなければならないのである。

（二〇〇〇・一・六）

最高に笑える人生

最近、何かというと住民投票というものが行われるようになって来た。

私の住んでいる東京ではまだ一度もそういう体験がないのだが、考えが二つに割れると、地方ほど住民もそのどちらかに立って、興奮の度合いが高まるのだろう。東京なら、反対だろうが賛成だろうが、どうということはない。人間が生きる上で選択しなければならないことはたくさんあるし、そんなことをいちいち他人と話し合っている暇はない、という人も多い。それに隣の人が反対か賛成かわからない場合がざらだし、自分が反対の立場でも、昼間は仕事に出るし、友達は別の町に住んでいる人だし、政治的な話なんかめったにしないのである。

もちろん生活に直接変化を及ぼすような構造物が近くに建つ、ということは、かなり神経に触ることだろう。ダム、道路、汚物処理場、工場、などは、私でも少し気になるかもしれない。しかし刑務所、身障者施設などが建設されることに不平があろうとは思えない。悪い空気も騒音も出さないし、人出が増えるわけでもないのである。

それでも、そういうものに反対する人も多い。

ダムの建設反対、というのが数十年前までは多かったが、ダムが少なくなったので最近のニュースに載るのは、河口堰《ぜき》反対である。吉野《よしの》川《がわ》堰もその一つの焦点である。

二〇〇〇年一月二十三日、徳島市民は住民投票によって吉野川堰の建設反対の意思表示を見せた。これは住民投票によって国の公共事業が初めて拒否されたケースだという。実に総投票者数の九十・一四パーセントが反対に廻ったのだから、反対の意思はははっきりしている。投票率は五十五パーセントであった。

朝日新聞の一月二十四日付けの社説は次のように書いている。

「建設省は対応を誤ってはならない。可動堰の建設中止を決断すべきである」

私は朝日新聞と意見を異にすることが多いが、これには全く賛成だ。住民がいらない、と言う。堰の建設を実行すれば、この国家的予算が足りない時に、ますますお金がかかる。つまり住民がいらないと言って下されば、大きなお金もかからなくて済む、そういう短絡的見方で大賛成なのである。それで旅行者は昔ながらの情緒ある自然を楽しむことができるし、土地の人と納税者と両方が喜ぶことなら、建設省も従うべきではないか。それが最近の「日本の選択」ではないか。

ただし、これはかなり勝手な論理である。洪水によって災害を被《こうむ》り、運の悪い時には人的な被害さえ出るのは、流域の住民であって、徳島に観光に行く私たち東京の住人ではない。もし災害が発生すると、吉野川の水位は周辺地盤より六メートルも高くなり、面積としては徳島市の四分の一、川の北岸に位置する藍住《あいずみ》町、北島町、松茂《まつしげ》町はほとんど全域、板野町、上板町、鳴門《なると》市の南部、川の南岸に位置する石井町の東北部などで、約十二万人が氾濫《はんらん》の危険区域に入ることになるという。想定被災人口では徳島市は三・四万人だが、その他の一市六町では八・五万人になると予想されている。同じ流域の中でも、災害を受けるかもしれない危険の量は当然のことながら同じではない。

一月二十五日付けの読売新聞の社説によると、「計画の根拠は、百五十年に一度の洪水が起きた場合、現在の固定堰が障害となって堤防が決壊するというものだ」という。

吉野川では大正元年（一九一二年）に大洪水があって、徳島平野は大きな被害を受けた。建設省国土地理院の資料によると、水位が五メートル上がると、徳島平野のかなりの部分は水に浸《つ》かってしまう。

しかしこういう見方もあるだろう。八十八年間も洪水が起きていない、ということは、今後もそんな洪水の可能性はない、と見ていいという考え方である。もちろん一方で、八十八年無事だったのだから、後六十年あまりで、再びそういう災害の可能性がある、と考える。これは「関東大震災」の区域内に住む私たちが常に言われて来た警告である。

同日の毎日新聞の社説では、「建設省は、治水は国の責任であり住民投票にはなじまないとの姿勢だった。しかし、洪水被害を直接受けるのは流域の住民である。長年、川と付き合ってきた住民たちが口をはさむのは当然のことだ。公共事業は事業官庁の『聖域』ではない」と書いている。また朝日新聞は一月二十四日付けで「一九九七年に改正された河川法は、河川整備計画を立てるに当たって、必要な場合には、住民の意見を反映させるための措置を講じるよう求めている。住民投票結果の尊重は、この法の趣旨にかなう」と書いている。つまり河川法は、一九九七年以降はかなり変わったらしく、住民の意見を充分に入れていいということになった。ということは昔のように建設省が河川の管理にすべての責任を負わなくていい、ということになったように読める。

建設省が約二十年も前に吉野川堰を可動堰にすると決めてから、着手もしないままにと言うべきか、着手もできないままにという方が正確なのか、同じ方針を変えずに来たというのは驚くべきことである。それほどこの堰の必要性が不動のものだったと判断されたのだろうが、二十年も前の「話」や「約束」なんて、できない場合は、庶民の間の話ならとっくに「ご破算」になっているところだ。

しかし建設省が百五十年に一度の災害にも安全を守れる態勢を整える、という姿勢に固執しているかに見える背景には、いくつもの理由があるという。朝日新聞によると「国が進める公共事業はこれまで、いったん計画が動き始めると、それを中止させるのは不可能に近かった。（中略）事業を中止すれば、失敗を認めることになり、役所の権威が傷つく」のだという。

このほかにも「どうせ役所は大手ゼネコンと裏で手を結んでいるから、公共事業から撤退できないのだろう」という風評に抵抗する気分も濃厚であったろう。私なら大手ゼネコンと結んでいるなどと、取り沙汰《ざた》されるだけで、痛くもない腹を探られるのはまっぴらとばかりさっさと堰の計画など取り止《や》める。自分が得にもならないことで、頑張る必要はない。相手さまのおっしゃる通りにしましょう。こちらに責任はないんですから、という深謀遠慮の逆の浅謀近慮の結果に出る。

役所が吉野川堰に固執したのは、過去の多摩川水害訴訟にある、という人もいる。一九七四年の台風による水害で東京都狛江《こまえ》市を流れる多摩川の堤防が決壊した。この時、家を流された住民が「国の河川管理に落ち度があった」として、国に総額四億六千六百万円の損害賠償を求めた。これに対して、東京高裁の判決は「当時の技術水準や過去の災害例からみて、少なくとも水害が起こる三年前の一九七一年当時には、施設の欠陥から災害の発生を予測できた」として、三億一千三百万円（弁護士費用を含む）の支払いを命じた、というのである。つまり建設省としては、とにもかくにも、地域の人命と財産に対する安全を守る義務があり、それをゆるがせにすることはできない、という姿勢だった。

しかし今はそういう時代ではなくなっているらしい。選択の自由は当の住民に任せる、という民意とマスコミの論調が主流なのだ。

洪水は起きるかもしれないが、起きないかもしれないのだ。こういう発想は、先進国以外では全く普通である。だからうんとお金のかかる建設より、差し当たりは金を使わない方に賭《か》ける、というのが、彼らの考え方である。私は少し土木の勉強をして、日本の現場だけでなく、マレーシア、インドネシア、アルジェリア、カンボジア、などの道路やダムの現場をゆっくり見せてもらったこともあるので、日本とは違った判断のあることがよくわかる。むしろそれが地球上で平均的な考え方であろう。日本のように安全の上にも安全を、などという発想の方がむしろ例外なのだ。

建設省側がこだわるこの多摩川の例は、裁判だけでなく、川の中にあった構造物

（堰）が吉野川の場合と類似点が多いからだともいう。狛江市付近の多摩川の川の中には農業用の低い取水堰があった。この堰にぶつかった多量の水の流れが、狛江市側の堤防に激しくぶつかり、堤防をえぐる力となって、ついには堤防を決壊に導いたのである。

そこで吉野川だが、ここには江戸時代に作られた低い第十堰と呼ばれるものがある。昭和四十九年九月の洪水では、水は第十堰でせきあげられ、高い水流となって下流に流れているさまが記録写真に残っている。航空写真では、上流からなめらかに流れて来た泥色の濁流は、堰によって水位が上がり、下流では波立ちながら流れ下っている。第十堰そのものは、水のない時の下流面からの写真を見ると、人の背の何倍もの高さまで、巨大な角砂糖状のコンクリート・ブロックがめちゃくちゃに積み上げられている。水量の少ない通常の場合は、水は堰の上や中を穏やかに流れ下って、堰の上流にやや高い水位を保っている。しかしこれがいったん洪水になると、堰の上流の水位がにわかに上がるので、その両岸の堤防に危険な負担がかかる。それゆえにこの旧式の堰は取り除いて、新しい可動堰を作るというのが建設省の計画だ。

この新しい堰は、普段は、現在の古い堰と同じように水中にあって下流の水位を下げる役目をするが、増水時になると全く水面から引き上げてしまうので、水位は下流面となだらかにつながり、堤防の上下流の左右両岸どちらにも負担を掛けないで済む。しかし景観のこととなると話は別だ。古い今の堰は、川底に石をおいて、自然に流れを塞《せ》き止めている程度に見えるが、今度作るとなると、やはり巨大な構造物となる。その想像図を見ると、宇宙基地の一部みたいだ。もっともこれはまだ「案」なのだそうだが。

徳島の自然を守るためにも、こんなものは作らない方がいい。ふるさとの美観はそのまま残るし、国民は、税金を徳島県のために使わなくて済む。役人も大手ゼネコンとのつながりなど、勘ぐられなくて済む。

素人《しろうと》が、マスコミの社説を読むと、将来どんな事態が招来されても、改正された河川法なるものによれば、建設省にはもう全面的な責任はなくなった、というふうに読める。

河川の扱いが一地域の都合だけで決められないのは、昔からの基本的常識である。土木屋の中にも、信条として、治水は国の基本であり、地方の都合に動かされてはならないという論理がある。景観と人の命とどちらが大切ですか、と息巻いている人を私もほんの数人は知っているが、建設省の中にもその手の人はいるだろう。ただマスコミの論調では、役所としてはこれで責任はなくなったと見ていい書きぶりである。

そもそも住民投票の結果に従うなら、いかなる災害が起きても、それは建設省に責任はない。条文のさらなる改正と整備も必要なら行えばいい。公務員は自分の責任だけが怖い小ずるい性格だ、という人もいるから、そうなれば安心して、これ以上堰を作るなどという余計なことは言わなくなるだろう。最近では、省庁も「いったん決まるとブレーキがかからない」などということはなくなったようだ。運輸省でも「反対があれば滑走路はできない」とすんなり発言するようになった。新聞が「住民投票の結果を重く見よ」とこんなにも書いてくれているのだから、役人も安心して住民の決定に任せればいいのである。

ただ、いくつか問題は残る。そもそも徳島市は、万が一、第十堰付近の堤防が決壊しても三・四万人が被害を受けるだけだ。しかし残りの一市六町では、その倍以上の八・五万人が被害を受けるという計算である。この一市六町では、住民投票をしたのかどうか。あるいはする意識があるのかどうか。その人たちは、徳島の住民投票の結果に従う気があるのかどうか。多数決原理に従えば、彼らの方が数が多いのだから、もっと発言権はあるだろう。

基本的には私は住民投票は、選挙制度を拒否するものだと思っている。一度選挙をしたのに、民主的に選ばれた議会の決定を拒否し（あるいは次の選挙を待たないで）

また投票で決める、と言う。こんなことが普通になったら、どれだけの時間とお金があちこちでかかることだろう。今に日本中が、毎日どこかで住民投票をしていることになる。

私は小心で将来の見えない小説家だから、今二つのことを（信条的に）判断の基準にしている。

第一は、今はとにかく税金を使わないことに賛成だ。お金がない時には、ないらしく使わずに過ごすことだ。それが家庭でも国家予算でも、自然な成り行きである。金がない時は、塀の新築などしない。泥棒が横行していてほんとうなら塀を高く頑丈にしたいところでも、金がない時にはあきらめる。今はあらゆる意味で堰の改築などする時期ではない。その意味で、今回堰を作らないことには、住民と、建設省の予算と、私たち納税者の希望が一致しているように見える。まことに好都合である。

第二の判断の基準は、人は自分の行動に対して責任を取るのが当たり前だ、ということだ。だから堰は要らない、という意思表示を住民投票で示したのなら、その結果に対しても責任を取らなければいけない。

もし将来、第十堰付近の洪水によって被害が出ても、徳島市はこの住民投票を重んじるなら、住民投票で堰建設に賛成した八・二二パーセントの人たちだけが補償を受けるのが当然だろう。もっと厳密にいえば、住民投票した人は各人で投票用紙に何と書いたかの控えを保管し、新しい堰の建設に賛成した人だけが個人的被害の補償を（全額ではないだろうが）受け取れる、ことにすべきだろう。それが個人の責任と選択というものだ。

また他の市町がもし洪水の被害を被《こうむ》ったら、可動堰建設に反対した徳島市に補償してもらうのも筋だろう。反対しておいても、洪水の被害が出たら、国は多分人道的に補償してくれるだろう、いや補償するのが当然だ、というような甘い考え方が、日本人をダメにしたのである。

人間は、二つに一つしか選ぶ道はない。自分がわからなかったら専門家に任せるか、それとも自ら選んだ運命に賭けるか、である。

賭の要素の非常に希薄な分野はたくさんあるが、賭の要素が全くない事態など、この世に一つもないのだ。だから敢然と不運をも見込んだ将来を承認しつつ、現在のよさを取るというのも、私好みの生き方だ。

それで運がよければ最高に笑える人生が手に入るのである。

（二〇〇〇・六・六）

伊勢《いせ》神宮の今日的な意味

　先日、伊勢神宮の参拝をしないか、という話が出た時、たちまち何人かの希望者が集まって、私もその一人であった。勤務先の職員の一人が神職で、ただの観光ではなく、詳しく説明が与えられるなどという機会はそうそうあるものではない。ちょうどその期間日本を訪れていたイエズス会のインド人神父にも、日本の神道《しんとう》に触れてもらいたかったので、私はその人の分も会費を払い込んだ。

　日程もすっかり決まった後になって、森総理の「神の国」発言が出た。朝日新聞は、鬼の首でも取ったようにその言葉にいきりたって、来る日も来る日もそのことばかりを書き続けたのがおかしかったが、お伊勢まいりの日を変える理由はこちらにはない。神父も私もカトリックだから、神道ではないのだが、それでも信仰のある者はすべて、神仏に対して常に静かな関心を持って当然なのである。

　今度の団体旅行には、神道に詳しい学者の先生もおられて、私のような異教徒の「生徒」の方が人数から言うと少ないような気さえしたが、それだけに私の感動は実に大きなものであった。私は今までキリスト教、ユダヤ教、ヒンドゥ教、イスラム教が中心の社会をかなり見たが、これらの宗教を信じる膨大な地域は、すべて神の国である。アフリカにはそれらのどの宗教にも入らない原始宗教がまた各地にあって、神のいない人などいないのではないか、と思われる。先進国以外、世界はまだ「神の国」だらけであるから、途上国を差別して、神の国と思う人は迷信で遅れた人たちだと言っても差し支えないのなら、神の国というのは野蛮だと騒いでもいいのだが、人間の思想と信仰の自由は認めるというのなら、こうした強固な神の国意識は、日常の抜きがたい観念として、まだ地球上をべっとりと覆《おお》っているという感じである。

私は幼いころ、つまり半世紀も前に、父母に連れられて伊勢神宮に行った時の、内宮の五十鈴《いすず》川のほとりの清流がどうなっているのかを見るのが楽しみであった。そのきれいな流れの畔《ほとり》にしゃがんで手を洗ったことが、最大の強烈な印象だったのである。その私は多摩川の傍で育ったので、小さい時にはよくメダカをすくいに行ったりして、川のある生活には馴《な》れていたが、それでも五十鈴川の流れは多摩川の牧歌的な水のある風景とは、どうしても違うような気がした。

このグループの中で一番緊張していたのはインド人の神父、次に私であったろうと思う。神父は私にどんな服装をして行ったらいいか、異教徒の自分が神殿に近寄っても差し支えないのか、としきりに聞いた。そして目立たないようにハイ・カラーの神父の服装ではなく、いささか型の崩れた古びた背広を着ることにした。

私の方は拝礼の仕方に失礼がありそうで心配だった。先年、或《あ》る新聞社の社長が亡《な》くなられた時、お葬式は神道であった。私は弔辞を読ませて頂くことになっていたので、本来ならいるべき場所でもない前列に坐《すわ》るように指示された。すると当時の海部《かいふ》総理が近くの席に来られて、「こちらのご拝礼の仕方はどうなっておられますか？」と聞いておられた。拍手《かしわで》と拝礼の回数が違うことがあるので、その点をきちんと配慮されていたのである。

私の勤めている財団では、年末に神主さんが来られて祈願をしてくださる。今年一年の安全を感謝し、来年も無事でよい仕事ができますようにと祈願するのである。私はカトリックだが、こうした儀式が信仰を冒すものだなどと思ったことはない。各宗教でやると回数が増えるから「日本教」で代表する、という感じだ。私の思惟《しい》の中には、個別的でしかも普遍的な「神」への尊崇と、人々への善意を感謝し、幸福を願う思い以外の何ものもない。

当然のことだが、西欧の神殿や教会と比べて、伊勢神宮の式年遷宮《せんぐう》という習慣はまことに特異なものである。石造建築は完成するのに時には数百年もかかり、一度できてしまえば、永遠に近く保つのだから、二十年毎《ごと》に新しく造営するなどという発想はむしろ驚嘆に値するだろう。

神殿を絶えず建て替えたのは、出エジプトをした後のイスラエルの民が荒野をさまよっていた四十年の間の幕屋であるとみてもいいだろうが、これは遊牧民のテントと同じ思想だから、二十年間だけはまっとうに使える神のいますお社を作るということではない。

天武《てんむ》天皇が天智《てんじ》天皇の皇子の弘文《こうぶん》天皇を殺して天下を取った。その際吉野《よしの》から伊勢を経て、近江《おうみ》朝廷の背後を衝《つ》いた。途中伊勢路に出た時、前・伊勢神宮的お社があったと思われる南伊勢を遥拝《ようはい》した。天皇の位を奪うのに成功してから、そのことを思い出し、伊勢神宮を今のような形にして建てたというのが、素人《しろうと》の持っている知識である。

御遷宮の制度ができたのは、持統《じとう》天皇の時、七世紀の後半だと見なされているが年号の推定には必ずいろいろな学者がさまざまな説を立てるので、私のような素人はできるだけ、そのオソロシイ論争から遠ざかることにしたい。したがってここに書くのは、おおまかな、たまたま私の手元にある資料によるものである。

ただ大切なのは、伊勢神宮より七十年ほど前に斑鳩《いかるが》の法隆寺が既に建てられていた、という事実である。法隆寺の建築技術は、朝鮮半島から取り入れたものとしても、我が国最古の本格的木造建築物であった。つまり屋根には瓦《かわら》が使われており、柱は礎石上に建てられた当時の「近代建築物」だったのである。

しかしそれより七十年後に建てられた伊勢神宮はそうではなかった。屋根は千木《ちぎ》、鰹木《かつおぎ》を載せた茅葺《かやぶ》き、棟持柱《むなもちばしら》は穴を掘ってそこに埋め込む「掘っ立て式」である。敢《あ》えて伝統を重んじたのだと、学者はこうした態度の理由をきっぱりと断定する。

現代で考えれば、今、あえて古い伝統的な家を建てる人というのは、物心両面に余裕のあるインテリであろう。しかし当時では必ずしもそうとも言えまい。仏教が伝来した時、蘇我《そが》氏は大陸文化輸入賛成論者だった。しかし中臣《なかとみ》氏と物部《もののべ》氏は輸入反対論者だった。その理由は伝統を汚《けが》すということだったらしいが、後に蘇我氏を滅ぼしてからは、「豹変《ひょうへん》して」仏教を受け入れた。小説家の私は、人の心変わりを書くのが好きだから、この変化はまことにすんなりとよく理解できる。この場合は、拒否しておいてしばらくして手を出した。しかし反対の場合もある。人はまずハイカラ趣味、新しもの好き、になり、後に自分独自の様式美に拘泥《こうでい》し出す場合もある。

現代では「掘っ立て小屋」と言えば、決して褒めたことにはならない。しかし伊勢神宮は、贅沢《ぜいたく》で伝統的な歴史的掘っ立て小屋を意識的に維持したといわれる。すなわち柱も掘っ立て式で地面に深く「植える」わけだから、その建物は二十年しか持たないことは初めから計算済みなのである。

私たちはいわゆる神明造りの屋根の妻の両脇《りょうわき》にある棟持柱のことも説明されたが、これは弥生《やよい》後期からある建築法を今に至るまで綿々と伝えて来たものだという。しかもこの棟持柱は、御遷宮の後、内宮の場合は宇治橋の内側の大鳥居として二十年使われ、その後さらに鈴鹿《すずか》峠のふもとの「関《せき》の追分《おいわけ》」の鳥居として二十年使われる。都合六十年のお勤めを果たすわけだから、すべてのものは徹底して質素に使い切るという日本人独特の美学にも沿っている。この使い捨て時代に深い森の中に立ち続ける棟持柱や大鳥居が、その思想を表しているように見えて楽しい。

しかし恐らく外国人は、天皇家の信仰の本山が、どうしてこのような簡素なものなのか、ということに驚くであろう。何しろ、彫刻もなく、塗りもないのだ。しかしもともと神社というものは建物がなかったのだ、ということを聞くとよくわかる。神いますところならどこでも、その時々に祭場を建てたのが、固定化したものだという。その点、モーセの幕屋と実によく似ている。

これら建物の詳細は、「皇太神宮儀式帳」に記されている。神殿の垣は四重である。「皇太神宮儀式帳」によれば「三ノ玉垣　廻百二丈」「二ノ玉垣　廻六十丈」「一ノ玉

垣　長十四丈」で、そのさらに内側に瑞垣《みずがき》があってその中に高床式の正殿がある。

　私はもともと神道の拝礼に馴れていないので、神域に入るとさらに緊張した。何をやらせても、外国人のようにぎこちないのでどうしようもないのである。今度もまず入り口の手水舎《てみずや》で手を洗い口をすすぐ時、杓《ひしゃく》で何度も水を汲《く》んで恥をかいた。これは一回汲んだ水ですべてを合理的に清潔に済ませる手順を踏まなければならない。

　さらに玉垣内参拝と言って、内玉垣と外玉垣の間の中重《なかのえ》という場所で拝礼を許された時にも失敗をした。粗削りの砂利を踏んでいるうちに、四年前に骨折した足が痛み始めて一時的に歩けなくなったのである。

　正殿の奥には東宝殿と西宝殿が並んでいた。その説明を聞いているうちに、感動で足の痛みを忘れて来た。東宝殿には天皇からの幣帛《へいはく》が入れてあり、西宝殿には、次の遷宮に必要な一切の「仕様書」を記録したものが納められている、という。もちろん次の御遷宮の準備は、今回の御遷宮が終わったその翌日から始まると言われるくらいだから、扉を開けて慌《あわ》ててその通り作り始めるわけではないが、旧約聖書の『民数記』を思い出してしまった。つまりそこには「伝統の記録と継承」が遠い昔から実に整然とした手段で行われていたのである。

　外玉垣南御門の前には南宿衛屋と呼ばれる白装束の神職の詰め所がある。これは畳敷き二間ほどの小さな家で、宿衛の神職は夜通しここでvigilをする。不思議なことに、英語のこの単語以外、この任務に適当な言葉を私は思いつかなかった。夜は深く息づいているだろう。人一人いない闇《やみ》の森は、しかし数百年を経た巨木古木の饒舌《じょうぜつ》な声に満ちているだろう。神職は何を思いつつここで宿直をするのか。ちなみに参拝は日の出から日没までである。信仰には、すべてこうした聖なる肉感的prostration（伏し拝むこと）の姿勢が必要だ。

外宮には御饌都神《みけつかみ》である豊受大御神《とようけのおおみかみ》が祭られている。御饌《みけ》は神々に奉《たてまつ》る食物のことで、北東の角には、神に捧《ささ》げる食物を作るキッチン棟があるのだ。そこでは今でも毎日二度、御火《みひ》鑽具《きりぐ》、つまりヒノキの板にヤマビワの心棒をこすり合わせて発火させる、という方法で火が熾《おこ》され、その忌火《いみび》（清浄な火）で蒸された御飯が、禰宜《ねぎ》たちによって御饌殿《みけでん》に運ばれ供えられる。

私たちはまた御塩殿神社にも立ち寄った。自然の海水を保管し、水分を蒸発させてから、その鹹水《かんすい》を平鍋《なべ》で一昼夜煮詰める。大きなお握りほどの三角錐《すい》に結んで焼き固めた荒塩は、単価として一万円ほどもかかっている、と誰かが俗っぽい原価計算の話を聞かせてくれた。

伊勢市楠部《くすべ》町にある神宮神田《しんでん》の水田の風景は、その奥にある茅葺きの建物と共にまさに絵であった。水田の緑は明らかに他の田圃《たんぼ》よりも濃い。神田に蒔《ま》かれた忌種（神聖な稲の種）はちょうど青々と育っている最中であった。

既に次の御遷宮の準備は始まっているという。祭祀《さいし》に使う非常に高度な技術を要する一切の物は、すべてが新しく用意されるのである。伝統工芸の職人たちがこの時総動員されるのだ。屋根葺きも、宮大工も、木工も、塗りも、織りも、縫いも、畳の技術も、である。男子の衣冠単《ひとえ》、束帯、浅沓《あさぐつ》、帖紙《たとう》、衵扇《あこめおうぎ》、木笏《もくしゃく》。女子の唐布《からごろも》、上着《うえのきぬ》、袴《はかま》、釵子《さいし》、垂髪《たれがみ》、裳《も》、袿《うちき》。こうしたものを制作する技術者たちは、ただ名誉だけで、儲《もう》けはほとんどないだろうけれど、それでもこの伝統的祭儀がなかったら、技術が次代に受け継がれる必然はほとんどないことを知っているだろう。

神宮の森（御杣山《みそまやま》）は、自然環境保護の一つの見本であった。みごとな照葉樹林である。木の葉が文字通りきらきら光っている。肥料など人工的なものは何もやらない。道に落ちた落ち葉を森に返すだけだという。

五十鈴川はその上流域に八千ヘクタールもの大きな森を抱えているという。照葉樹林の腐葉土で分厚く覆《おお》われた森は雨量の多い上流の土地を擁して保水力も極めてよい。五十鈴川の水は涸《か》れることがないのである。

私はそこで手を洗った。子供の時、この川岸は自然の土だった。しかし今は景観を損ねないようにさりげなく護岸されている。

一回の御遷宮に必要な木材は一万四千本近く、九千八百立方メートルに及ぶというが、そのために二、三百年先までの木材の手当てができている、という。これはまさに時代の最先端を行く自然環境保護を目的とした計画だ。ここにある自然との対し方は、いつのまにか、日本の最新鋭の思想になっていたのである。

世界には、死んだお寺や教会がいくらでもある。つまりもはやそこにはろくすっぽ祈りも祭儀も行われなくなった宗教的施設が、廃墟《はいきょ》同様になってあちこちにある。ヨーロッパでは、祭壇泥棒を恐れ、聖職者が昼寝をするために、まっ昼間から大戸を下ろして人を寄せつけない教会は珍しくない。

しかし伊勢神宮は、三百六十五日、朝から夕方まで、人を受け入れ、今もなお着実に信仰的行事を続けている。そのことが宗教の違いを超えて私を感動させる。「なあに、お札《ふだ》で儲けておられますし、御遷宮の時には大口の寄付がたくさんあるんですよ」と言う人もいるが、それでも百人の神職と、五百人の職員を抱えてこの静謐《せいひつ》を保つのは、経済的にも容易なことではないだろう。

タイマーを掛けておけば電気釜《がま》がほったらかしておいても御飯を炊《た》いてくれる。たいていの家庭の室内は冷暖房完備だ。こんな時代に神職たちは、今でも木をこすり合わせて火を熾して神に捧げる御飯を炊き、冷暖房皆無の小屋で蚊に責められながら宿直をする。信仰表現は今でも犠牲の感覚を伴いながら日々生きているのである。天皇家のおかげで日本の古来の文化は奇跡的に原型を保持し得た。

私は自宅に帰ると夫に言った。

「御遷宮の時には、神道《しんとう》であろうとなかろうと寄付をすべきね。日本人として」

夫は言った。

「うちの息子は、前の御遷宮の時にも言ってたよ。親父《おやじ》さんたち、少しでも無駄金があるなら、寄付しなさいよ、って」

「そんなこと言ったの？」

私は初耳であった。しかし息子の言いそうなことであった。彼の一家もカトリックなのだが、彼は同時に文化人類学者のはしくれでもあったのである。

（二〇〇〇・七・八）

生涯に一度の『パルジファル』

二〇〇〇年七月二十五日十六時三十一分、コンコルドがその歴史上初めての事故を起こした。犠牲になったのは乗員乗客百九人、それと地上にいた五人も巻き添えをくって死亡した。犠牲者のうち子供三人を含む九十六人がドイツ人であった。

フランクフルト在住のクライン孝子《たかこ》氏発の「ウィークリー・ビジネス・サピオ」によると、彼らは夢のような旅行に出かけるはずであった。すなわちニューヨークで豪華客船〝ドイチュラント〟号に乗り込み、オリンピック開催地のシドニーまで十四日間の航海を大いに楽しむはずであった。事実午前中のコンコルド便で三十三人、普通の飛行便で三百七十七人、の計四百十人は既に無事ニューヨークに到着していたのである。

改めて言うこともない、私たちが今日生きているのは、ほとんどが偶然の結果である。

この事故が起きた時、私は偶然ベルリンにいた。同行していたクライン孝子氏は事故の取材のために記者クラブに飛んで行き、私は美術館巡りをしたり、本屋で本を漁《あさ》ったりしていた。ベルリンの主な建物には一斉に半旗が掲げられて多くのドイツ人の死を悼《いた》んでいた。国旗を掲げる習慣はいいものだと思った。こうして国家も、無関係な個人も、哀悼の意を示せるからである。

偶然その数日後、私は北イタリアのガルダ湖畔で友人の夫妻に会った。この夫妻は大のオペラ愛好者で、今年もバイロイトの音楽祭の合間を縫って、ガルダ湖畔まで来たのである。その目的は、トレントの、公会議で有名な大聖堂で、三枝成彰《さえぐさしげあき》氏が作曲された「レクイエム」が外国では初めて演奏されたので、この曲の産みの親のこの夫妻も、歌詞を引き受けた私も集まることになったのである。

そこで私は初めてこの夫妻からコンコルドの落ちた夕方のことを聞いた。夫妻はバイロイトの祝祭劇場にいたが、舞台ではちょうどワーグナーの『パルジファル』の第一幕への前奏曲が演奏されていた。二人が異変を感じたのはドイツの政財界で名前の通った人たちが何人もいた席の間を、一枚のメモが廻されたからであった。そして一時間半以上、二時間に近い第一幕の間に、数人が席を立った。普通は演奏の途中で席を立つ人はあまりいないから、空席が目立つようになった時、誰もが異変を感じたであろう。中座した人たちの中に犠牲者と極めて近い人がいたのかどうか私は知らない。

ドイツでは、事故の犠牲者の名前は最後まで発表しないことになっているからだという。しかし百人もの死者が出れば、必ず中に、誰か知人もしくはそれに近い人がいるだろう。その人の死を知りながら『パルジファル』の序曲を聞いた人の思いはどんなだったろう、私は胸に迫るのである。

その『パルジファル』はその人にとってただ一度の『パルジファル』、他に比べようのない重い時間であったろう。私がもしその場にいて身近な者の死を知らされたら、私は多分体が動かなくなって席を立てなかったかもしれないと思う。

長いこと、私は『パルジファル』は夕暮れの曲だと思っていた。しかしこれは曙《あけぼの》の曲なのである。死は再生に繋《つな》がると信じられればこの序曲も納得されるのかもしれないが……私はいまだに夕暮れの曲として聴いている。

事故の死者の名を出さない、ということはまことに当然のことである。或《あ》る人の死はまず家族のものであり、永遠に家族のものである。日本のマスコミのような他人が土足で入って来て「今のお気持ちは」などと聞くのは蛮族の行為である。

もちろん非常に有名な人の場合はその死を隠しては置けない。政治家、芸術家、などはその存在がなくなったことは後々まで響くからである。しかしそれでもテレビのカメラマンがその人の自宅に張っていて「今ご遺体が着きました！」などと興奮して報道したり、遺族に取りついて談話を取ろうとする無礼はないという。あれはストーカーと同じ行為だ。日本でももういい加減にあの無礼な野暮《やぼ》ったい習慣を止めるのが常識ということにしたらいい。昔、私たちの父たちの世代が、縮みのシャツとステコ姿で、平気で町を出歩いていたのをいささか恥ずかしく思うように、今の子供たちは父たちの世代の新聞記者が、遺族から談話を取ろうとする無礼を平気でやっていたということに対して文化の断層を感じるようになるだろう。私はもうその時は来ている、と感じている。

しかし死者の悼み方は決して単純ではない。コンコルドを使っているイギリスの航空会社は、事故があっても使用を止めるつもりはない、と言い、コンコルドを組み込んだスケジュールで大きな団体を送り込もうとしていた矢先に自社の客を百人も失ったドイツの観光会社は「とんだことをしてくれた」とフランスを恨んでいる、という慎みのない「風評」も伝わっている。

一人の旅行者としてヨーロッパの旅行をしていると、それなりに毎日ひしひしと感じるものがある。それは国家と社会というものの成り立ちの厳しさである。

北イタリアを車で走っていると、まだ朝早くからきれいな二人連れの娘が水辺から上がって来たばかりという恰好《かっこう》で道端に立ってヒッチハイクをしようとしていた。しばらくするとまた一人いた。三人目を見て、鈍感な私もはっと気がついた。土地の人に聞くとやはり彼女らは娼婦《しょうふ》なのであった。この頃はブラックの「立ちん坊」も多くなったと言う。

イタリアは東欧からの難民の流入を受け入れている。国がどこに位置するかによって「運命」を受けるのである。日本が火山脈の上にできているのと同じだ。

難民を受け入れることによって大きな不平等も貧困も生まれている。子沢山の難民の家庭がイタリア政府から支給されるお金より、一人暮らしのイタリア人のおばあさんのもらう年金の額の方が少ないということになったのだ。

難民は貧しいのが普通だから、何とか生きて行こうとしてあらゆることをやる。その一つがこうした街角の「立ちん坊」である。「立ちん坊」と麻薬は連動して起きて来る。その後がエイズである。

フランクフルトでは、その土地に住む人が下町に連れて行ってくれた。いわゆる赤線区域である。「ピープショウ」という言葉はずいぶん昔にアメリカで覚えたが、今でもまだ使われている。午前中だというのに、もう女性たちが入り口に立っていた。飾り窓に張ってある写真は、中にいる女性たちの「メニュー」である。紅灯の巷《ちまた》というものは日が暮れてから始まるものかと思っていたら、私の前を歩いている四、五人連れの男たちはいわゆる「朝帰り」なのだという。

一軒の家の前には、私より若いにしても、殺伐なことでは私といい勝負のおばさんが立っていた。「客引きでしょうか」と聞くと「あの人がそうでしょう」と言う。「あんなおばさんを？」と思わず差別的なことを言うと「だから安いんですよ」と極めて合理的な返事が返って来た。しかし後でおかしくてたまらなかった。そうか、あれでもまだ稼げたのか、よかったよかった、という感じである。

ドイツはこうした売春の組織を公的には禁じていないのだという。禁じても人間性がどうしても行うことなら、公然と認めて手段を講じ、そのことによる病気その他の被害を最小限にくい止めるという冷静な発想である。こんなことを日本でしようとしたら、いっせいに反対の大合唱が起きるだろう。私はどちらがいいとも言えないが、世界にはさまざまな発想があるということだけは、日本人皆が知っていた方がいい。

そもそも自分の住む国に外国人を入れると大変だ、とヨーロッパ人は皆身にしみて感じている。しかし国家の位置を変えるわけにはいかない。領土を抱えて引っ越しはできないのだ。イタリアもドイツも東欧に近いところに位置しているから、どうしても東から移民が流入する。フランスは戦前植民地をアフリカに持っていたし、アフリカに最も近いヨーロッパの先進国である。すると北アフリカからの移民が怒《ど》濤《とう》のように流れ込む。途中にポルトガルもスペインもあるのだが、貧しい移民は動物的本能で金のある国を目指す。フランス語が通じるということも、フランスを目ざす一つの理由だろう。

私が度々書いているキリスト教における「愛」の究極の形がここで否応《いやおう》なく出番になるのだ。キリスト教において「あなたの敵を愛しなさい」という時の人間離れした矛盾に満ちた愛は、好きになることではなくて、理性が心に命じる所に従うことだ、という論理が実感されるのである。人道的な愛は心から愛してできるものではない。ましてや「人権」の観念など、ほとんど無力である。

自分の生活を脅《おびや》かし、社会の安寧秩序を乱すような貧しい人たちがやって来るのは誰しも望まないのである。しかし彼らは一種の力で入って来る。土石流のように、溶岩流のようにである。その時、彼らに銃口を向けて撃てない以上、彼らを自国に受け入れなければならない。

受け入れると言ってもおきれいごとでは済まない。難民は、住まわせねばならないし、食べるし、水を使うし、排泄するし、電気を使う。子供たちの教育も必要なら、病気にもなる。どういう金で彼らを生かすかといえば、増税しかない。日本のように自国民のためでも「増税絶対反対」などと言っている人々に、どうして人道的に難民を救うことなどできるだろう。難民を救うことは、署名したり、デモをしたり、一票を投じたりすることでは済まない。難民を救うことは、まず金を出すこと、それから不便や違和感に耐えることなのだ。難民はしおらしくもないし、感謝などほとんど見せることもない。彼らは要求し、政治を動かそうとする。彼らが悪くはなくても彼らの存在自体がその国の重荷になる。しかし難民自体もまた生きるために必死なのだ。

ドイツの売春宿の存在に始まって、ヨーロッパ人が考えるのは、どこまで譲るかという妥協の地点であろう。何とか自他共に生きられる程度にして、ごまかして生きる他はない。社会や国家が「計算をする」というのは、日本のようにどれだけ理想的になれるか、という甘い話ではなく、どこまで悪くなるのをくい止められるか、という形態を取る。最善の策などというものは、初めから期待できないのだ。せめて最悪の道を取らないように足掻《あが》くのである。

だから政治もまた必死である。日本のように総理が五月の連休の時だけ儀礼的に外国を訪問していて済むことではない。あちらとこっそり話をつけ、こちらと陰で取引をし、あちらを脅しながら微笑し、こちらに色目を遣いながら懐《ふところ》のナイフをちらつかせ、常に最強の武器である金の話になる。信義は表向きだけのことだ。その力関係の不純さをたいていの大人が知っている。だから皆が大人になっている。それが見抜けない日本人は子供ばかりだ。

日本はやはり東洋の「黄金の国」「夢の国」なのかもしれない。「土石流」のような、「溶岩流」のような難民は今のところどこからも入って来ない。精々で数十人を乗せた人間密輸船が入るくらいだ。だから軍隊がなくてやれる。国民皆兵は軍国主義だ、などと言っていられる。ドイツ、スイス、イタリア、オーストリア、スペイン、ポルトガル、デンマーク、スウェーデン、フィンランド、すべてが徴兵制をとっている。ノルウェーは徴兵制と志願制の併用、イギリス、フランス、ベルギー、オランダは志願制である。

しかしアジアの場合は微妙だ。中国は徴兵制を主体とするが志願兵もあり、台湾、韓国、北朝鮮、モンゴル、ベトナム、シンガポール、ラオス、カンボジア、タイは徴兵制、インドネシアは選抜徴兵制、である。国境紛争や国内の分裂が深刻な国はどうしても徴兵に踏み切らざるを得ない。

しかし残りの国々は志願制で済んでいる。ありがたいことだ、と言う他はない。日本を初めとして、フィリピン、ブルネイ、マレーシア、ミャンマー、インド、ネパール、モルディヴ、ブータン、スリランカ、バングラディシュ、パキスタンである。こうした状況はすべて国が隣国と接する形に係わっている。海か山に囲まれた国は侵略をそれほど恐れなくていい。そして一番はっきりしているのは、軍備などできれば持たないのが繁栄に繋がる、ということだが、防衛力なくして国家の安全がない、というのも自明の理なのである。

こうした現実認識型の国家と、表向き理想追求型の国家との二つに世界は分かれるように見える。ヨーロッパ、中近東、南アメリカなどの多くの国々が前者のタイプに属するが、後者の典型はアメリカと日本と、数が少ない。

旅の間中、私はおかしなことに気がつき、それにけっこうこだわっていた。私はヨーロッパの町では、食堂でも駅でもいつも不作法なくらい人を見て感動していたのだが、それはどこででも、生活のために必死にけなげに働いている、という感じの男女にいくらでも会えたからである。

今の生活がいいも悪いもないのだ。生きて行くためには選ぶことができない。そういう感じを如実《にょじつ》に匂《にお》わせた男女が、中年にも若い世代にも、太った人にも痩《や》せた人にもたくさんいたのである。しかし日本にはそういう感じの人が、特に若者にはほとんどいない。一人一人に聞いたら、「いいえ、私は暮らして行くのにせいいっぱいです」と言うだろう。しかしそういう若者も、みんな流行の服装をし、時にはブランドもののカバンやハンドバッグなどを持っている。

旅行から帰ってこの暑いのに、たまたま必要があってキケロを読んだ。『法律について』の中でキケロは次のように言っている。

「われわれも、生まれた町と、市民権を与えてくれた町の両方を、祖国と考えている。が、われわれからいっそうの愛情を受けるのは、後者の意味における祖国、すなわち、国家という名を市民全体の共有物にさせるという意味での祖国でなければならない。この祖国のためにこそ、われわれは生命《いのち》を捨て、全身全霊をささげねばならず、また、われわれの持ついっさいをそこに託し、いわば『奉献』しなければならないのだ」

俗物の存在がなければ超俗を語れない、という真実がキケロを読んでいる間中楽しく思い出されたが、紀元前四三年に六十三歳でアントニウスに殺されたというキケロが書いたことは、現代のアメリカで語られている理想と、それほど大きく違ってはいない。しかし日本では「国家にわれわれの持ついっさいをそこに託し『奉献』する」などと言えば、今時、精神異常者扱いにされかねない。キケロの著作も今日の日本では精神異常なのだ。

だから夏は更に暑く感じられるのだが……私は夏が嫌いではないのである。

（二〇〇〇・八・七）

小説家の「思いつき」

最近、私は教育改革国民会議の第一分科会で委員全員が話し合って来た内容の中間答申用の文案を作った。大変だったでしょう、という人もいたが、小説を書くよりは楽な気持ちだった。何しろ、会議の席で委員たちが主張したことを念入りに落とさないように書き留めればいいだけのことだから、創作のような技術は必要としない。また出来上がったものはいわば草案に過ぎないのだから、再び委員たちの意見を入れて、いくらでも字句や表現を書き換えることを前提にもしている。自分一人の作品なら、一字にでも固執することもあるが「他の方の意見なら、何度でもどんどん変えます。ご遠慮なくおっしゃってください」という気分であった。

その結果できた答申に対しては、読んだ人の数だけ異なった印象があったというのが正しいだろう。それは当然なのだが、その中で、私が出した小、中、高のそれぞれの子供たちに、差し当たり年に、低学年は二週間、高校ではまず一カ月、奉仕期間を義務づけるという案には、いろいろな意見を耳にしたが、二人の人が全く同じ言葉で私を批判したことから、私はそれをきっかけにしばらくそのことを考えるという機会を与えられたのである。

一人は、東大大学院教授・佐藤学という方で、もう一人は上坂冬子氏である。

佐藤教授は朝日新聞二〇〇〇年八月十三日付けで次のように述べている。

「独善性と思いつきが一番顕著なのが第一分科会だ」(第一分科会とは、つまり私も所属し、私が文案作成の仕事をした分科会のことである)「提案も思いつきのら列だ」「あえて過激に言うと、飲み屋談議の水準だ」

私は飲み屋という所へほとんど行くことがないので、飲み屋ではこういう話をするのか、と一つの知識を得た。

一方、上坂冬子氏の方は産経新聞の「正論」欄に、こういう文章を載せている。

「幸か不幸か社会は少子化に向かっており、雑然としたバブル時代に育った現職の教師らのあとに、多少なりとも不況や就職難を体験した教師がつづいている。いま、条件として〝個〟を掘り下げる好機にさしかかりながら、論点をぼかし関心を分散させるような思いつきの教育改革案には、はっきりノーの意思表示をしておきたい」

どちらにも「思いつき」という言葉が非難の意味で使われていたので、私は急に「思いつき」とは何なのだろう、私はどういう形で普段から思いつきをしているのか、考えてみようと思ったのである。

私は或《あ》る一つの小説を、全く一瞬のうちに「思いついた」ことが今までに何度もある。短編はほんとうに一秒でできるのだ。

たとえば『農夫の朝食』という短編を例に取って話すことにしよう。

これもある瞬間、そうだ、アル中の農夫がフランスの田舎町のレストランで、朝から働きもせずワインを飲んでいるところから始めよう、と思いついたとたんに、全体ができたのである。短編が一筆描きだと思うのは、多分そういう理由からだろう。

私は今ここで『農夫の朝食』という短編の筋書きなどを話す気持ちはない。読者は退屈するだけだ。ただ多分その短編は大変私らしいもので、私がもし今、自選短編集を作るとすれば、まっ先に選ぶだろうと思う作品ではある。

一瞬で短編ができるというのは誇張ではない。ほんとうに一秒のうちに、ぱっと起承転結、細部までが見えるのである。後はただ、頭の中でできた世界を、昔は万年筆、次なる時代にはボールペン、今はワープロで紙の上に書き写す作業が残っているだけだ。

しかしほんとうにその筋は一瞬で思いつけたのだろうか。『農夫の朝食』の場合、そこには幾つかの体験が綴《つづ》られている。

或る年私は、障害者の人たちとフランスに行き、鉄道のストライキに遇《あ》って、やむなくパリからピレネー山脈の近くまで、夜行バスで移動することになった。バスはまず「大阪」に立ち寄ることになった。「大阪」に行くと言うので驚いたのがおかしかったので、私は今でも覚えているのである。それは「大阪」という名の日本料理屋へ寄って、弁当を積むことであった。その後で、私たちのバスはどこまでも続く平原を一路南下し始めたのである。

夜が明け始めた頃、私はふと、フランス風の朝飯を食べたくなった。ほんとうに朝日がさし始めた頃、私は添乗員に、どこかの村に寄って、御飯を食べましょう、と提案した。フランス・フランの持ち合わせがない、という添乗員の反対に対して、私は「なあに、食べてしまえば、向こうは必死でドルででも何でも取りますよ。だめだと言っても、もう食べてしまったんなら、こっちの勝ちじゃありませんか。ドルに直した額をお見繕いでおいてくりゃいいんですよ」などと、態度の悪いことを言ったのである。

私は今でも名前も知らない小さな村にバスを乗り入れてもらい、街道沿いのやぼったいレストランに、三、四十人でぞろぞろと入って行った。ショコラを飲みたい人、カフェ・オ・レがいい人、お紅茶がほしいと言う人、それぞれの注文を聞いて、クロワッサンと、生々しい塩味のきちんと利《き》いた新鮮なハムをたっぷりとはさんだバゲットのサンドイッチも頼んだ。このサンドイッチは、アメリカでは潜水艦《サブマリーン》と呼んでいたような気がする。

わずか三、四十人分のそれだけの朝飯を注文するのに、私たち数人の世話係はけっこう大変だった。私よりずっとフランス語のうまい友達がてつだってくれたから、皆どうやら自分の食べたいものにありついたのだが、この小さなてんやわんやも、私の短編小説の中では大切な筋の展開に使われている。

しかしとにかく、この平凡な村での、ごくありきたりの朝食が、その後もしばしば語り草になった。あんなすてきな朝飯はなかった、と皆がほんとうに喜んでくれたのである。もう一台のバスは空腹を我慢したまま律儀《りちぎ》に目的地まで走り、ホテルで食事をした。このグループの人たちは、勝手に抜けがけをした私たちをうんと恨んだ。

『農夫の朝食』の中の農夫に、私はこの田舎のレストランで遇ったことになっているが、もちろんモデルになるようなアル中のアメリカ人がいたという事実はない。

この短編には、ほんの微《かす》かにだが、私が三十代の半ばに、たった三カ月を過ごしたアイオワの体験も入っているような気がする。私の不眠症が治りかけた幸福な時であった。私たち夫婦は三人の親たちとの生活から解き放されて、珍しく夫婦と息子の三人だけでアメリカのこの田舎町の、伸びやかな冬と春を満喫した。私は決して親たちと折り合いが悪くはなかった。しかし結婚以来、夫婦だけ、或いは夫婦と子供だけで暮らしたことがなかった。私たちはそれを私たちが受ける当然の生活の形だと納得していた。

しかし親子だけになれたこの三カ月は、私にとっては輝くような自由の日々だったことも間違いない。連翹《れんぎょう》の黄色が実に鮮やかだった。私たちがそこにいたのは、厳冬から早春であったが、私はそこでカトリック教会へ行くことで、町の人たちのコミュニティに簡単に受け入れられた。このののどかな田舎町での暮らしの体験が『農夫の朝食』の前半の舞台として、ちらと出て来るような気もする。

それからこの小説には、飛行機に爆発物をしかけた、といういたずら電話が登場する。さらにカトリックの神父が告解として聞いた他人の罪は、たとえ官憲から脅迫されても口外してはならない、という使命が中枢《ちゅうすう》のテーマとして登場する。

どこで起きた事件だか今もって知らないのだが、或る時、一人の神父が、信者から「自分は今日、あなたがミサの時に祭儀として使って自らが飲むことになっている葡《ぶ》萄酒《どうしゅ》に毒を入れた」と告白された。

告白を聞いた神父がそれを官憲に通告しても、密《ひそ》かに毒入りと思われるミサ用の葡萄酒を捨てて新しいのに入れ換えても、それは告解の内容を漏らしたことになる。その神父は告解をした信者に罪の許しを与え、そのままミサを始め、毒入りの葡萄酒を飲んで死んだのである。

私はこの話を、毎日新聞に連載していた『時の止まった赤ん坊』という小説の中に一つの挿話として書いた。書きながら、こんな話は、読者からバカ扱いされるだろうと覚悟して心理的に首をすくめていた。しかし後で係の文化部の記者氏から、読者の好意的な反響が一番多かったのは、そこのところだったと聞かされて、その意外さが信じられなかった。

こうした幾つかの体験や記憶や感動は、私の心の中に、まるでゴミ捨て場の汚物のように入っている。人間の創造的集積回路は、どのように働くのかわからないが、それらが一瞬のうちに「思いつき」になって作品を形成するとしか言いようがない。

短編というものは、確かに一瞬のうちにできるのだが、その背後に蓄積されていたものには、長い年月がかかっていると言わなければ、またこれも嘘《うそ》になるだろう。ただ恥ずかしい話だが、最近では、一瞬でできたと思った短編を、また一瞬のうちに忘れてしまうことがある。多分老化が進んでいるのだ。「あれはなかなか傑作になりそうな話だったと思うのだがなあ」と釣り逃した魚を思うような気持ちになることもある。そのうちに再び思い出す時もあれば、ずっと忘れてしまうものもある。しかしいずれにせよ、一瞬の思いつきでしか、短編のいいものは（私の場合には）でき上がらない。

長編の場合は、思いつきが先に来る。一九六六年、私はタイ北部で日本の大手ゼネコンが手がけていたランパン―チェンマイ第二工区という道路の建設現場に立っていた。「地獄のような現場」と言われていた工事だったが、部外者の私には心を動かされるものがあった。しかしその時はまだそれが私の心の内部のどこを突き動かしたのかはわからなかった。その背後には、長い間私の心を捕らえて離さなかった旧約の『ヨブ記』の中心的思想があったとわかったのは、ずっと後になってからである。

或る日、私はその工事現場が私の書きたかった現代の『ヨブ記』の舞台として用意されていたことを感じた。全く「思いつき」のように、である。そして私はその工事を請け負っていた大手ゼネコンに電話をした。資料をもらえないか、というお願いをしたのである。それが『無名碑』という長編が生まれるきっかけであった。長編を書けただけでなく、そのおかげで、私は土木の世界を、素人《しろうと》としてはかなり詳しく知るようになった。

大手ゼネコンは、政治と結びついて今や悪者のような扱われ方をしている。しかし戦後の日本の繁栄を作ったのは、まず道路や新幹線などの交通網、港湾の設備、電力と水を確保した土木屋たちの存在のおかげである。初めは、思いつきの痕跡《こんせき》に過ぎなかったもののおかげで、私はほんとうにおもしろい世界を知ったのである。

『天上の青』という作品になると、思いつきの時期はもっと明瞭《めいりょう》である。大久保《おおくぼ》清《きよし》という連続殺人を犯した男が現れた日時がはっきりしているからである。私は昔から「悪魔のような悪人」を書く趣味があったらしく、事件が明るみに出た時から、これを作品に書いてみたいと漠然と考えていた。しかしそれが作品になったのは十七年も後のことである。裁判記録と法医学上の正確さを期せる資料が手に入らない以上、私は不安で手が出せなかったのである。十七年は、多分それなりに必要で意味のある年月だったのだろう。

佐藤教授と上坂氏は、どうして私という他人が、或ることをいつ思いついたのか知っておられるのだろう。私など、人がそのことを考え始めた時期を、確実に知っていたことなど一度もないのである。

いくらいい気な私でも、お二人が私の書くものをほとんど読んでくださっているとは、思ってもいない。当たり前のことだ。お二人とも資料を読むのがいっぱいで、私の小説など机の隅におく場所もないだろう。ほんとうは私はかなり前からこのことを書いているのだが、それを発見できるわけがないのも当然なのである。

私は別に「思いつき」だと書かれることは一向にかまわない。理由は簡単なのである。

すべてのことは、必ず思いつきから始まるからだ。そしてまた「思いつき」は、全くないよりはあった方がいいに決まっているからである。さらに「思いつき」という日本語を私の持っている研究社の新和英中辞典でひいてみると「a plan, an idea, a suggestion」となっている。どの言葉も、恥ずかしいほど悪くない言葉だ。

佐藤教授の談話は、時には軽薄を売り物にする小説家の私には全くかまわないのだが、他の委員に対してはまことに無礼なものだと思った。どの委員も、教育に関しては数十年現場に立つか、それに近い機能を各職場で果たし続けている方たちばかりだ。それにけなすなら、代案を示すべきだろう。ただけなすだけなら、それこそが「飲み屋談議」なのである。また、私たちが裏付けとなるデータを示していないというなら、教授自ら日本の生徒の学力のデータくらい示されたらいかがかと思う。文部省が昭和四十一年以来、学力テストもできないような状態にさせられた状況に対しては、小説家の私より少なくとも教育学者である佐藤教授の方に責任があるだろう。

私は今日から、世界で最も貧しい地区を訪ねる旅に出る。今年はブラジル、ボリビア、ペルーの、それぞれの国の都市の周辺に置き忘れられた貧しい地区や、アマゾンの奥地にも入る。南米は、アフリカよりはわずかにましだが、私たちの想像の範囲を越えた人間の生活がある。いや、人間の生活というより、動物に近い暮らしもある。人は貧しくても、豊かすぎても、心と体が病む。南米にはマラリアもあるし、同行の厚生省のドクターからは「狂犬に咬《か》まれたら救えません」とおどされている。ドクターは私たちの健康のために同行するのではない。あくまで熱帯病の研究のためである。

そしてブラジルのストリート・チルドレンと現地で暮らしている日本人のシスターは、少女たちに一生懸命、掃除や洗濯や衣服につぎを当てる律儀な暮らしを教える。すると少女たちは言うのだ。「そんなことは女中の仕事よ」。

人生は思いつきよりはるかに重い歴史をかかえていることばかりだ。

（二〇〇〇・八・二十七）

解説「時事評論の醍醐味」

富岡幸一郎

最近、ある雑誌の座談会に出席していて、一人のノンフィクション作家が次のような発言をするのを興味深く聴いた。

いわゆる「棚に上げる」という言い方があるが、すべての言葉あるいは言説には、自分を「棚に上げる文章」か「棚に上げない文章」かのふたつしかない。「文学」をもし定義するなら、自分を棚に上げないか上げられない、上げるにしても何らかの必然性のある上げ方をしている文章のことなのではないか。逆に、自分を無限に棚に上げることを許すのが、政治やジャーナリズムの言語なのではないか。自分は物書きをやってきて、徐々に内面的に自分を棚に上げない、上げられないという状況になってきた……。

私がこの話を面白く思ったのは、ひとつは今の日本の政治家やジャーナリスト（ニュースキャスターなども含む）の言説は、ますます自分を「棚に上げる」ものになっているということがあったからだ。半ばコメディ的であるが、野党党首が国民年金を払っていなかった政府閣僚を、〝未納三兄弟〟と揶揄《やゆ》しているうちに、夫子自身の年金未納が発覚して、自分が「棚に上げられ」（棚から落ちた？）てしまったという寸劇があった。それをテレビで辛口にコメントしていたニュースキャスター達も、これまた次々に未納発覚ということで、まさに右を向いても左を見ても、自分を「棚に上げる」言葉ばかりといった有様である。

いや、年金のことはともかく、すべての言葉、言説には、自分を「棚に上げる文章」かそうでないかのふたつしかない、とのくだんの作家の発言は、表現という行為の本質に関わっているのであり、なかなか怖いなと思わざるをえない。というのも、文学においても、いつの頃からか自分を（かなり）堂々と（何の必然性もなく）「棚に上げる」手のものが増えてきているように、これも思わざるをえないからだ。

ここにはおそらく、政治家やジャーナリストや文学者が、だらしなくなり、やわになり、自分の言葉に責任をとらなくなったという一般論だけでは済まされないものがあるのではないか。

たとえば、戦後の日本の論壇ジャーナリズムを峻烈《しゅんれつ》に批判し、それこそ自分を「棚に上げ」なかった評論家に福田恆存《つねあり》がいるが、福田は日本人の言論に著しい「相対主義」に、その根本的な要因を見ていた。相対主義的にしかとらえられない現象は、絶えず流動し、流動しているものしか見えないのが相対主義である。
《……それは量の世界しか見えない。質の世界とは無関係です。平和の問題についていえば、相対主義者にとっては、それは一年の平和、十年の平和、百年の平和ということだけが問題なのです。あるいは一地域の戦争か、一国と一国の戦争か、世界戦争か、それだけが問題です。さらにいえば、言論の争いか、棍棒《こんぼう》を使うのか、大砲を用いるのか、原爆を用いるのか、一人死ぬか、千人死ぬか、百万人死ぬか、それだけが問題なのです。すべては量で計られる。……「現地解決主義」が成り立つためには、物事を相対的にのみ見る歴史の世界に、いわば垂直に交わる不動の絶対主義がなくてはなりません。絶対があってこその相対ですから、平和なんてものは絶対にありえないという私の主張には、絶対平和の理念があるのです》（「個人と社会」昭和三十年）
福田恆存がこう書いてから、すでに半世紀近い歳月を経ているが、日本の言論は増々「相対主義」的になり、流動し、泥沼化し、混沌《こんとん》とし、無責任きわまりないものになっている。自分を「棚に上げる」とは、だからいいかえれば、「絶対」なきところでの無限の「相対主義」を当り前のもの、自明のものとしている言説である。少し前に流行したポストモダンの思想などは、その代表であろう。

曽野綾子のエッセイを読んでいて改めて思うのは、あらゆることがらが相対的に眺められ、すべてが「量で計られる」今日のこの状況のなかで、まさに「垂直に交わる」ところの価値の所在を、つねにあきらかに示唆《しさ》しているところだ。これは本書に収められたどの文章からもうかがえる。

たとえば、それは具体的な海外体験から汲《く》みあげられた「現実」感覚と呼んでもいいだろう。本書のエッセイは雑誌『新潮45』に連載されたものであり、すでに文庫化されている『近ごろ好きな言葉』『部族虐殺《ぎゃくさつ》』を通読している読者はよくおわかりだろうが、作家は日本財団の会長をつとめたり、NGOの海外邦人宣教者活動援助後援会の仕事で、世界各地を回っている。もちろん、それはただの物見遊山《ものみゆさん》ではなく、部族同士の虐殺があった死臭漂うルワンダであり、貧困と飢餓とエイズに苦しむアフリカであり、インドの貧民窟《ひんみんくつ》や不可触民の子供たちの学校であり、あらゆるものを乾燥させてしまうモンゴルの原野への旅である。

そこでぶつかるのは、流動しつねに移ろう言葉や情報ではなく、動かしようのない凝固した、こちらの感情をも硬い壁のように跳ね返してしまう「現実」である。

私は再び「現実」に出会った。日本でも「現実」がないわけではない。殊《こと》に個人が内面で遭遇している「現実」は、他人に説明できないほどそれぞれに重い。しかし途上国に行くと、日本人が一般的に遭遇している「現実」を、私は正直に言って色褪《いろあ》せたものと感じる時がある。その感覚が理性的で正しいと思っているのではない。作家などというものは……いや、私は……ゆがみ、甘さ、悪意、思い込み、無知、思考の短絡を利用して生きて仕事をして来た面がある。それを承知で私の出会った「現実」を記録しようと思うのだ。(「現実」)

作家は、いや作家である「私」が、この「現実」に対面し、そこから岩にぶつかった石礫《いしつぶて》のように打ち返されて来る。それは日本人であるわれわれが当り前であり、常識であり、良識であるとすら思い込んでいる現実の壁に、思わず息を呑《の》み沈黙せざるをえないような無気味な亀裂を走らせる。

イスラエル、パレスチナの地へ作者は何度も足を運んでいるが、イスラエル全土が「虐殺《ホロコースト》による殉教者と英雄の記念日」に入った「二〇〇〇年の五月二日の日暮から」の、そのありさまを描いた「時の証人たち」という一文に、私は驚ろかされる。

ヤド・ヴァシェム「虐殺記念館」を訪ねたときのことを思い起こしながら、このエッセイを読み、ナチスの「死体処理」という「どうしても避けられない一つの宿命」

の謎《なぞ》についての作家の記述に至り、ほとんどこちらは言葉を失う。クロード・ランズマンの映画『ショアー』の示す、あの「記憶の抹殺」としてのナチスの「『反セム文化』の情熱」の不条理に直面させられるからだ。

しかも、曽野綾子はそこに立ち止まってはいないで、次のように明言する。それは犠牲者への黙禱《もくとう》のサイレンのなかで、「私の視線の中」を横切った人物たちの姿を目にしたときの感想である。

強制収容所の悲劇でさえ、それは人間性の共通の汚点や悲しみになどなり得ないのである。それはユダヤ人とドイツ人にのみ関係したことなのである。／日本人はすぐ連帯ということを考える。アウシュヴィッツの教訓を自分のものにするのが良心だと考える。／しかしもしかするとユダヤ人自身がそんなことは期待していないだろう。

そして、イスラム過激派とイスラエル側の戦闘行為にふれ、それを日本の少年のバスジャック事件と比較して、「別に、地域戦で闘うのには意味がある、などとは言わない。しかし日本の事件は、ひよわで病的な感じがする。平和故《ゆえ》に病んでいる日本だという気がしないわけでもない」という。

この記述を読んだとき、私は旧約聖書のエレミヤの言葉を想起した。アッシリアから解放され、昔日の大イスラエル民族の復興の予感にわき立つユダ王国のなかで、ナショナリズムの気運が高まる自国民に逆らって、エレミヤは災いと滅亡を預言するのであるが、そのなかの一節――《彼らは、わが民の破滅を手軽に治療して、平和がないのに、『平和、平和』と言う》と記されている。

日本人も、戦後半世紀以上にわたって、「平和、平和」といってきたが、その言葉の真実の意味に一度でもぶつかったことがあったのだろうか。

平和《シャローム》という言葉は「欠けたもののない状態」を指すのだという。現世でそんな瞬間がないことを知っている人たちが、その言葉に重い輝きを感じるのである。

パレスチナ問題などについて、日本の専門家やジャーナリストは、国際関係や地政学などの観点からさまざまに状況を語り分析してみせる。しかし、曽野綾子のように、イスラエルの「平和」の本質をずばりと射抜く言説は少ない。もちろん、この作家を預言者に擬すれば、作家自身が困惑され拒まれるだろうし、聖書（特に旧約）にあまり親しみのない読者は、何か大袈裟《おおげさ》に受けとられるかも知れない。しかし、イザヤにしろ、エレミヤやハバククにしろ、旧約の預言者は決して神がかった特異な人間ではなく、むしろ街頭に立って人々に語りかける、情熱的ではあるが通常の人間であった。ただ、彼等は民衆がそこにすっぽりと浸《つか》っている日常や現実とは違った、「別の地点」を心のうちに持っており、その「現実」から言葉を語ったのである。マックス・ウェーバーが『古代ユダヤ教』で指摘したように、旧約聖書の預言者は一種の時事評論家であった。

そして、この時事評論家は、神のメッセージという「絶対」性を信じるが故に、「物事を相対的にのみ見る歴史の世界」にたいして、ある驚きを与え覚醒《かくせい》をうながしたのであろう。

本書のタイトル「最高に笑える人生」は、吉野川《よしのがわ》の河口堰《ぜき》反対の住民投票についての文章から採られているが、次のようにしめくくられている。「賭の要素の非常に希薄な分野はたくさんあるが、賭の要素が全くない事態など、この世に一つもないのだ。だから敢然と不運をも見込んだ将来を承認しつつ、現在のよさを取るというのも、私好みの生き方だ。／それで運がよければ最高に笑える人生が手に入るのである」

何気ない文章のようだが、大胆な言葉だと思う。しかし、作家はそれを特別なことではなく、われわれの日常の出来事のなかに見て取っているのだ。

二十世紀のユダヤ教の哲学者A・J・ヘッシェルは、『イスラエル預言者』という本でこのように預言者を定義している。

「優雅な精神の邸宅に通じる道に案内するかわりに、預言者はわれわれをスラム街に連れていく」

「預言者たちをぞっとさせたものは、今も世界中で日常茶飯事的に起きている事件である」

しかし、これ以上云々《うんぬん》することは（作者を困らせるだろうから）やめよう。「最高に笑える人生」を味わうためにも、自分を「棚に上げ」て解説を書く愚はこの辺にして、もう一度本書をゆっくり再読してみたい。

（平成十六年五月、文芸評論家）

本書収録の諸編は「新潮45」平成十一年七月号〜同十二年十二月号に連載され、平成十三年三月新潮社より単行本が刊行された。

曽野綾子
A・デーケン著

旅立ちの朝に
—愛と死を語る往復書簡—

死を考えることは、生と愛を考えることである。「死学」の創始者デーケン神父と作家・曽野綾子との間に交された示唆深い往復書簡集。

曽野綾子著

失敗という人生はない
—真実についての528の断章—

著者の代表作の中から、生きる勇気と慰藉を与えてくれる528の言葉を選び、全6章に構成したアフォリズム集。〈著作リスト〉を付す。

曽野綾子著

ほんとうの話

世間の常識の裏に隠された「ほんとうの話」。様々な話題を著者一流の爽やかな語り口で、自由闊達に綴った会心のエッセイ集。

曽野綾子著

天上の青（上・下）

ある夏の朝、ふとしたことで知り合った一人の男。彼は自ら詩人と称して次々に女性を誘い、犯し、殺し続ける冷酷な悪魔だった……。

曽野綾子著

極北の光

数奇な出生に始まり、様々な男性との恋と別離に翻弄される小波光子。「不運ではあったが不幸ではなかった」女の半生を描く力作。

曽野綾子著

夢に殉ず

何物にも縛られず、奔放だが率直に生きる男。光と陰とが交錯したその人生模様の中に、魂の自由をありのまま見届ける、一大人間賛歌。

曽野綾子著

近ごろ好きな言葉
―夜明けの新聞の匂い―

人間観察こそ小説家の本領。その眼が、昨今の出来事にふれる折々、大人の本音を堂々と、健やかに言いおおせて近ごろ稀な、痛快39話。

三浦朱門
曽野綾子著
河谷龍彦

聖書の土地と人びと

二人の作家と聖地ガイドが、旺盛な好奇心と豊かな知識で、聖書の世界を作った風土と人間について語り合う。21世紀版聖地案内書。

曽野綾子著

部族虐殺
―夜明けの新聞の匂い―

ルワンダの虐殺をつぶさに検証した表題作をはじめ、独自の体験から作家の目で日本の社会のあり方を痛烈に問う33本のエッセイ。

高沢皓司著

宿命
―「よど号」亡命者たちの秘密工作―
講談社ノンフィクション賞受賞

一九七〇年、日航機「よど号」をハイジャックし北朝鮮へ亡命した赤軍派メンバー。彼らは恐るべき国際謀略の尖兵となっていた！

高山文彦著

地獄の季節
「酒鬼薔薇聖斗」がいた場所

あの連続児童殺傷事件は、単なる「異常者」少年Aの引起した「特殊な犯罪」にすぎないのだろうか？　時代の深層を浮彫りにする。

高山文彦著

「少年A」14歳の肖像

一億人を震撼させた児童殺傷事件。少年Aに巣喰った酒鬼薔薇聖斗はどんな環境の為せる業か。捜査資料が浮き彫りにする家族の真実。

田口ランディ著

できれば
ムカつかずに生きたい

どうしたら自分らしく生きられるんだろう
――情報と身体を結びあわせる、まっすぐな言葉が胸を撃つ！ 本領発揮のコラム集。

徳永進著

ホスピス通りの四季

死ととなり合わせで生きる患者たち。医師の著者が、日々の臨床の中での彼らとの交流を、穏やかなまなざしで綴ったエッセイ55編。

夏樹静子著

腰痛放浪記
椅子がこわい

苦しみ抜き、死までを考えた闘病の果ての信じられない劇的な結末。3年越しの腰痛は、指一本触れられずに完治した。感動の闘病記。

中平邦彦著

パルモア病院日記
―三宅廉と二万人の赤ん坊たち―

わが国初の周産期病院を設立して、産科と小児科の谷間で軽視されてきた新生児医療に半生を捧げた、医師三宅廉の30年の活動を描く。

中島義道著

うるさい日本の私

バス・電車、駅構内、物干し竿の宣伝に公共放送。なぜ、こんなに騒々しいのか？ 騒音天国・日本にて、戦う大学教授、孤軍奮闘！

中島義道著

私の嫌いな10の言葉

相手の気持ちを考えろよ！ 人間はひとりで生きてるんじゃないぞ。――こんなもっともらしい言葉をのたまう典型的日本人批判！

最高《さいこう》に笑《わら》える人生《じんせい》
—夜明けの新聞の匂い—

新潮文庫　そ－1－39

平成十六年七月一日発行

著者　曽《そ》野《の》綾《あや》子《こ》

発行者　佐藤隆信

発行所　株式会社 新潮社

郵便番号　一六二―八七一一
東京都新宿区矢来町七一
電話 編集部(〇三)三二六六―五四四〇
読者係(〇三)三二六六―五一一一
http://www.shinchosha.co.jp

価格はカバーに表示してあります。

乱丁・落丁本は、ご面倒ですが小社読者係宛ご送付ください。送料小社負担にてお取替えいたします。

印刷・大日本印刷株式会社　製本・加藤製本株式会社

ISBN4-10-114639-X C0195